恋するケモノのしつけ方
「や……っ」

手の中のモノがひくんと震える。

迅の視線をソコに感じる。

見られながら自分でするなんて――。

恋するケモノのしつけ方

成瀬かの

17475

角川ルビー文庫

目次

口絵・本文イラスト／六芦かえで

「まずいよなあ」

槇香雨《まきこうう》は、出席簿《ぼ》を眺《なが》め溜息《ためいき》をついている男から目を逸《そ》らせた。

「そうですね」

後ろめたい気持ちを噛《か》み締《し》め、キャビネットから分厚いファイルを抜《ぬ》く。

快いざわめきで満たされた放課後の職員室の中、香雨は汚《よご》れた白衣の裾《すそ》を優雅《ゆうが》にさばき、安っぽい椅子《いす》に腰《こし》を下ろした。

「何度電話を掛《か》けても出ないし、家を訪ねてこう、インターホンを鳴らしてもね、しんと静まりかえっているんだよね。お兄さんの話だと家にはいるらしいんだけど」

目の前の席に座る男が太くて丸っこい指を持ち上げ存在しないインターホンを押してみせる。この数学教師と話していると、香雨はいつもパントマイムを見ているような気分になった。

「あと半年もすれば卒業を迎《むか》えられるっていうのに、どうしたっていうんだろうねえ。今まで特に問題もない子だったのになあ。もしかしていじめられているのかな」

「大藪《おおやぶ》はいじめられるようなタマじゃありませんよ」

デスクにファイルを載《の》せ、香雨は端《はし》が黄ばみ始めている用紙をめくる。手を止めたページには、件《くだん》の大藪佑斗《ゆうと》の個人情報が記載《きさい》されていた。

両親共に海外へ転勤、以後兄との二人暮らし。

「大藪君は美術部所属だったよねえ。槇先生、彼が不登校に至る原因に心当たり、ない？」

あったが、香雨は眉《まゆ》一筋動かさずないと答えた。

「ああ、そう。さてどうしようかねえ。大藪君は推薦《すいせん》入試受ける予定なのに、このまま欠席が続くとちょっと困っちゃうんだよねえ」

ベテランの数学教師である佐藤《さとう》は大藪のクラスの担任で、香雨は副担任だった。生徒たちには責任がある。大藪のように気を付けてやる両親がいないなら、尚更《なおさら》だ。

香雨はファイルを閉じ立ち上がった。職員室の窓を開けると、袖《そで》を通しただけの白衣が爽《さわ》やかな風を孕《はら》み膨《ふく》らむ。

「佐藤先生、今日も大藪の家を訪ねるおつもりですか？」

「うん。昨日お兄さんと連絡《れんらく》ついたから、会うくらいはできるようになっているんじゃないかと思うんだよねえ」

窓の外には秋晴れの空が広がっていた。グラウンドを走っていた生徒たちが香雨に気付き、ばらばらと手を振《ふ》ってくる。手を振り返してやると野太い歓声《かんせい》が地鳴りのように響《ひび》きわたり、香雨はアホかと口の中だけで呟《つぶや》いた。

ランニングしながら尚《なお》もアピールしようと飛びはねている生徒たちから目を逸らせ、窓枠《まどわく》に背中を預ける。

烏《からす》の濡《ぬ》れ羽色と言うのだろうか、香雨は艶《つや》やかな黒髪《くろかみ》に純和風の顔立ちをしていた。切れ長のまなじりに縁取《ふちど》られた目は黒目がちで、見る人に楚々《そそ》とした印象を与《あた》える。

立ち居振《ふ》る舞《ま》いも美しく、さりげない仕草の一々が視線を引きつける。

ガタイだけは育ったもののまだまだ未熟な男で溢《あふ》れかえった校内で、洗練された空気を纏《まと》う香雨は異彩《いさい》を放っていた。

そのせいだろう、この男子校の美術教諭《きょうゆ》になってからずっと、香雨はグラビアアイドルでも見るかのような視線に晒《さら》され続けている。

大学を卒業するまで同性にそんな目で見られた事など一度としてなかった——と思う——のに、なぜこんな面倒《めんどう》くさい事になってしまっているのか、香雨にはわからない。問題は、ただ見ているだけでは足らず、香雨を恋人《こいびと》に望む生徒までいる事だった。

佑斗も、そうだ。

あの日——キャンバスやイーゼルが並んだ埃《ほこり》っぽい小部屋に入ってきた佑斗が後ろ手に鍵《かぎ》をかけるのを目にした時、香雨はこっそりまたかと溜息をついた。

——センセーが好きだ。

佑斗の告白は真摯《しんし》だったが月並みで、香雨の中にどんな風も起こさない。

——俺の気持ち、気づいてたんだろ？　なあ、付き合ってよセンセー。皆《みんな》には秘密にするからさ。

期待に満ちた眼差《まなざ》しから香雨は目を逸らせる。

いくら好きと言われても香雨は男に興味はない。いつものように丁重《ていちょう》にお断りしたら、佑斗は翌日から学校に来なくなってしまった。

佑斗の不登校の原因は、多分香雨だ。

「俺もお供してもいいですか」

余計な手間掛けさせやがってと心中で罵《ののし》りながら、香雨は佐藤に尋《たず》ねる。

佑斗が学校に来なくなってからずっと、香雨はなんとかしなければという焦燥《しょうそう》に駆《か》られていた。失恋《しつれん》のせいで学校に来られなくなるなんてアホとしか思えないが、このまま佑斗が留年でもする羽目になったら寝覚《ねざ》めが悪い。佑斗はかなり成績優秀《ゆうしゅう》で前途《ぜんと》有望な生徒の一人なのだ。

実はこっそり電話番号を調べ、かけてみたりもしたのだが、佑斗は出なかった。家を訪ねようかとも思ったが、一人で行くのはまずいだろうと考え直した。もし二人きりで会って佑斗が変な気でも起こしたら事態は更《さら》に悪化する。だが担任である佐藤が一緒《いっしょ》ならば、滅多《めった》な事は起きないだろう。

何も知らない佐藤は、香雨の申し出に顔を輝《かがや》かせた。

「ほんと？　いやあ、助かるよ。槇先生、若くて年も近いからさ、大藪も槇先生になら心を開いてくれるかもしれないよね」

口元に薄《うす》っぺらな笑《え》みを浮《う》かべ、香雨は窓辺を離《はな》れる。

「そうだといいんですけど。何時に出ますか？」

「槙先生さえよければ、すぐにでも」

「では着替《きが》えてきます」

ずしりと重いファイルを片手で軽々と持ち上げキャビネットに戻《もど》すと、香雨は白衣の裾を翻《ひるがえ》し、職員室を突《つ》っ切った。

通路は狭《せま》い上、床《ゆか》に積み重ねられたファイルや、教師と立ち話している生徒といった障害物だらけである。だが香雨は白衣のポケットに手を突っ込んだまま足も止めず、最小限の動きでかわして行く。しなやかな身のこなしが鮮《あざ》やかだ。

「立てば芍薬《しゃくやく》、座れば牡丹《ぼたん》、歩く姿は百合《ゆり》の花ってえ言葉があるが——」

そんな佐藤の呟きを小耳に挟《はさ》んだ同僚《どうりょう》がくすりと笑う。

香雨は自分が花に喩《たと》えられているとは露知《つゆし》らず、職員室を出て美術準備室へ向かった。引き戸を開くと、雑然とした空間が目の前に広がる。

古びた木の机に棚《たな》、描《か》きかけの生徒たちの作品、汚れた画材類。

香雨は部屋に入るなり白衣を肩《かた》から滑《すべ》らせ、石膏《せっこう》像の頭に投げかけた。隅《すみ》のロッカーにはこんな時の為《ため》に落ち着いた色のネクタイとジャケットが掛けてある。

少しテレピン油のにおいがするジャケットに袖を通し、外していたワイシャツのボタンを一番上まで留める。襟《えり》を立てネクタイを首に掛けながら、いつの時代からあるのかわからない古びた等身大の鏡を覗《のぞ》き込むと、そこにはまさに百合の花のような男が立っていた。

──イマイチだな。

香雨は何の感慨《かんがい》もなく己《おのれ》の姿を眺め、ネクタイを締める。

誰《だれ》にどう賛美されようと、香雨はちっとも自分を魅力《みりょく》的だと思わなかった。中性的だと言われる事すらある柔《やわ》らかな容姿は香雨の理想から程《ほど》遠い。上背がなく、逞《たくま》しさに欠ける体軀《たいく》も不満だ。

いささか荒《あら》っぽいスポーツを嗜《たしな》む香雨は、もっとウェイトが欲しかった。太い腰や厚い胸板《むないた》、柔軟《じゅうなん》性に富む筋肉が盛り上がった上腕《じょうわん》。

もっと男くさい外見だったなら同性に言い寄られる事もなかったのではないかと香雨は思う。

「──さて、行くか」

軽く頰《ほお》を叩《たた》いて気合いを入れると、香雨は埃《ほこり》っぽい部屋を出た。

職員室で待っていた佐藤と共に学校を出る。電車を乗り継《つ》ぎ、大藪の家へと向かう。

昨日行ったばかりだと言っていたくせに佐藤の記憶《きおく》は曖昧《あいまい》で、香雨は念のため控《ひか》えてきた住所を頼《たよ》りに目的地を探した。

うららかな日差しがあたたかい。閑静《かんせい》な住宅地には眠《ねむ》っているような時間が淀《よど》んでいる。

だが大藪の家に近づくと、のどかな空気は霧散《むさん》した。

「クソガキがうだうだ言ってんじゃねえぞ。学校にはちゃんと行け!」

空気を震《ふる》わせる猛々《たけだけ》しい罵声《ばせい》に、香雨は佐藤と顔を見合わせた。

まるでヤクザのようなどすの利《き》いた声に聞き覚えのある声がぼそぼそと何か言い返している。

だが男の勢いは止まらない。

「ああ？　おまえどんだけ人生舐《な》めてんだ？　母さんじゃあるまいし、俺がンな甘えた事許す訳ねえだろ。学校行かねえんなら、ゲーム機も携帯《けいたい》も没収《ぼっしゅう》だ。権利の主張は自分で稼《かせ》げるようになってからにしろ」

香雨の唇《くちびる》の端《はし》が僅《わず》かに上がる。

立場上、そんな乱暴な意見を口にする訳にはいかないが、この柄《がら》の悪い男の意見にはまったくもって賛成だ。

にやにやしている香雨の肘《ひじ》を佐藤がつついてたしなめる。家の中ではゲーム機の奪《うば》い合いでもしているのか、けたたましい音が続いている。

家の正面に回ると、『大藪』と書かれた表札がかかっていた。

佐藤の丸っこい指がインターホンを押す。

争う声と物音はまだ聞こえていたが、様子を窺《うかが》いながらもう一度押すと、ふっと静かになった。乱暴な足音が近づいてきて、玄関《げんかん》の扉《とびら》が勢いよく開く。

扉の向こうには佑斗によく似た大柄《おおがら》な男がいた。胡散臭《うさんくさ》そうに香雨と佐藤を見下ろし、獣《けもの》のように唸《うな》る。

「……ああ？」

でかい、とまず香雨は思った。

身長自体は香雨と十センチも違《ちが》わないが、バランスのいい体躯と偉《えら》そうな目つきのせいで、実際以上に大きな印象を与《あた》える。

風呂《ふろ》を使ったばかりらしく、髪《かみ》の先から雫《しずく》が垂れていた。薄いスエット越《ご》しに筋肉質な軀《からだ》のラインが見える。マッチョにならない程度に引き締《し》まった腕《うで》も腰《こし》も、香雨の理想そのものだ。

くそう、いい軀しやがって。

自分がどんなに努力しても持ち得なかったものを見せつけられ反射的に敵愾心《てきがいしん》を覚えたが、相手は生徒の保護者である。香雨は反感などおくびにも出さず、楚々《そそ》とした微笑《ほほえ》みを浮かべて頭を下げた。

顔をあげると、男はじいっと香雨を凝視《ぎょうし》していた。威圧感《いあつかん》のある視線に少し驚《おどろ》いたものの、香雨はそんな事で萎縮《いしゅく》するようなか弱さは持ち合わせていない。淡《あわ》い笑みを浮かべたまま平然と男を見つめ返す。

隣《となり》で佐藤が人好きのする笑みを浮かべた。

「私、N高校の教師をしております、佐藤と申します。昨夜お電話した佑斗君の担任です」

「……ああ。もうそんな時間か」

低い声で呟《つぶや》く間も、男の視線は微動《びどう》だにしない。

佐藤が続いて香雨を示す。

「副担任の槇先生です。佑斗君が所属している美術部の顧問《こもん》もしております」

「突然《とつぜん》お邪魔《じゃま》して申し訳ありません」

男は扉に寄りかかり、胸の前で腕を組んだ。

「槇先生、か。下の名前は？」

尊大な態度が鼻につく。

「香雨ですが」

「俺は迅《じん》だ。大藪迅。佑斗の兄。コウ先生と呼んでも？」

香雨はにこやかに跳《は》ねつけた。

「やめてください。特定の保護者と親しくしていると勘違《かんちが》いされるとトラブルの元になりますので」

「ふうん。ま、とにかく上がれよ、コウ先生。佑斗なら部屋にいる」

――コノヤロウ。『先生』をつければいいなんて誰も言ってねーぞ。

香雨は大きく息を吸って、吐《は》いた。黒真珠《しんじゅ》のような瞳《ひとみ》に不穏《ふおん》な光が灯《とも》る。

「えー、ではお邪魔いたします」

佐藤が先に立ち、瀟洒《しょうしゃ》な門扉《もんぴ》を開けた。

元は綺麗《きれい》だったのだろう玄関は雑然としていた。出しっぱなしの靴《くつ》が幾《いく》つも並び、上がり端《はな》に積まれた新聞の束が雪崩《なだれ》を起こしている。あまり掃除《そうじ》をしていないのか、隅には綿埃《わたぼこり》が転がっていた。

先に廊下《ろうか》へと上がった迅が階段の上を顎《あご》で示す。

「上がって右が佑斗の部屋だ。鍵《かぎ》は開いている——というか、さっき破壊《はかい》した。入りたければ勝手に押し入って構わない」

乱暴な事を言う保護者に佐藤は苦笑《くしょう》した。

「ははは。まあ、まずは話をしてみます。槇先生、いきなり二人で押し掛《か》けたら大藪君が萎縮しちゃうかもしれないから、ちょっと外で待ってもらっていいかな？」

「はい」

スリッパをぺたぺた鳴らし、佐藤が階段を上がっていく。

手持ち無沙汰《ぶさた》になってしまった香雨は、とりあえず膝《ひざ》を突いて脱《ぬ》いだ靴を揃《そろ》えた。

立ちあがりつつ振《ふ》り向こうとした所で、ぎくっとして後退《あとずさ》る。

香雨のすぐ後ろに、迅がいた。

反射的に引いた踵《かかと》が宙を踏《ふ》む。玄関に落ちるかと思った瞬間《しゅんかん》、迅の腕が伸《の》びてきて香雨の腰を抱《だ》いた。

「大丈夫《だいじょうぶ》か」

低い、艶《つや》やかな声が耳元に流し込まれる。

イラっとして香雨は唇を噛《か》んだ。

なんだ、この図は。

なんでこの俺がか弱い女の子のように男に抱かれてんだ。

しかもこの男、さっきまでと声が違う。うっかりしたら腰が砕《くだ》けてしまいそうな甘い美声に、香雨の警戒心《けいかいしん》が掻《か》き立てられる。

それでもまだ香雨は己《おのれ》を抑《おさ》えていた。迅が純粋《じゅんすい》に自分を助けようとしてそうしたのかもしれないと思ったからだ。

「あ……すみません」

すぐに離《はな》れようとするが迅の腕は緩《ゆる》まない。それどころか逆に引き寄せようとしているのに気がつき、香雨は軀を強張《こわば》らせた。

「……あの？」

「――コウ先生は実にいい腰つきをしているな」

「は？」

そろりと腰を撫《な》でられ、香雨は身震《みぶる》いした。いつの間にか迅の手がジャケットの下に入り込んでいる。あたたかな掌《てのひら》が薄《うす》いワイシャツの向こうにやけに生々しく感じられる。

「なあ。佑斗の不登校の原因って、あんただろ」

ひそやかに耳に流し込まれた言葉に、香雨の目が据《す》わった。

佑斗の奴《やつ》、なにをべらべら喋《しゃべ》ってんだ？

いやだがまずそれよりも――と、香雨は腰を抱いている不埒《ふらち》な腕を見下ろした。

この手をなんとかしなければならない。

香雨は形だけは美しい微笑みを浮《う》かべると、無造作に迅の胸を押し返した。

「気安く触《さわ》らないでいただけますか」

薄暗《うすぐら》い廊下に張りのある声が響《ひび》く。だが迅は香雨を放そうとしない。香雨は溜息《ためいき》をついた。

こういう事をする輩《やから》には決して甘い顔を見せてはいけない。最初に一筋縄《ひとすじなわ》ではいかない相手なのだと教えてやらねば、侮《あなど》られて後々面倒《めんどう》な事になる。保護者でなければぶんなぐってやる所なのにと思いつつ、香雨は細腕に力を込める。

引くよりは押す方が容易《たやす》いとは言え、香雨は一見華奢《きゃしゃ》な体躯《たいく》からは想像もできない力を発揮し、迅を押しのけていった。そうはさせまいと迅の上腕《じょうわん》筋が盛り上がるが、二人の距離《きょり》はじりじりと離れてゆく。

静かなせめぎ合いの末、香雨はぐいと身を捻《ひね》って迅の腕から脱出《だっしゅつ》した。

たおやかな外見からろくに逆らえないタイプだと思っていたのだろう、驚いたように眉《まゆ》を上げた迅に、香雨は氷のように冷たく優艶《ゆうえん》な一瞥《いちべつ》を投げる。

「槇先生?」

階上から佐藤の声が投げかけられる。

「今行きます」

香雨は何事もなかったかのように迅に会釈《えしゃく》をすると、靴下《くつした》のまま階段を駆《か》け上がった。上りきってすぐ右の扉《とびら》が半ば開かれており、佐藤が待っている。

「ああ、槙先生、大藪が二人きりで話したいって言うんだけど、いいかな？」

願ってもない提案に、香雨は頷《うなず》いた。

「もちろんです」

佐藤と入れ違いに部屋の中に入ると、後ろ手に扉を閉める。

いかにも男子高校生の部屋らしく、室内は散らかっていた。ベッドの隅《すみ》に、佑斗がきまり悪そうな顔で腰掛《こしか》けている。

佑斗はアイドルばりに整った容姿を持った生徒だった。赤みがかった髪をワックスでくしゅっと整え、細心の注意を払《はら》ってみなりを整えている。すでに香雨を凌駕《りょうが》した長身。Tシャツもチェックのシャツも若者に人気のブランドものだ。合わせているダメージジーンズは、褪《あ》せた色合いといい、腿《もも》や膝にあいた穴のバランスといい、そのままファッション雑誌に載《の》れそうなセンスの良さだった。

香雨はつかつかと部屋の奥へと進むと、キャスターのついた椅子《いす》を引き佑斗の前に移動させた。わざと乱暴に腰を下ろすと足を組み、背もたれに肘《ひじ》を載せる。

「大藪。おまえさ、なに不登校なんて馬鹿《ばか》な真似《まね》してんだよ」

いつもの端然《たんぜん》とした佇《たたず》まいが嘘《うそ》のような荒《あら》い言葉遣《ことばづか》いに、佑斗は成長途中《とちゅう》の骨っぽい躯《からだ》を縮こまらせた。

柔《やわ》らかな容姿のせいで上品で繊細《せんさい》なのだろうと思われがちだが、香雨の地は体育会系だ。

生徒の手前、普段《ふだん》はそれなりに取り繕《つくろ》っているが、好意をほのめかしてくる男にはあえて本《ほん》性《しょう》を見せるようにしている。それで香雨が自分の思っていたような人間ではないと気付いてくれれば万々歳《ばんばんざい》なのだが、現実はなかなか思うようにはいかない。

「行けるわけ、ねーじゃん」

「ああ？」

「センセーって鬼《おに》だな。わかってんだろ、なんで俺がガッコに行きたくねーのか」

ずびっと鼻が鳴る。わざとらしい演技に香雨は唇《くちびる》の端《はし》を綺麗に吊《つ》り上げた。

「俺に失恋《しつれん》したせいか？」

「そ。俺、とても椅子に座ってクソつまんねー授業なんて受けられる精神状態じゃねーの。センセーが俺と付き合ってくれんならガッコ行ってもいーけど」

「甘えんな」

ぴしゃりと要求を退《しりぞ》けると、香雨は薄桃色《うすももいろ》に色づいた唇を蠱惑《こわく》的にたわめた。

「あのさ、大藪。いい事教えてやろうか。この高校で働き始めてからの二年半の間に、俺に告白してきたのって、大藪で六十二人目」

「……え？」

大藪がきょとんと目を見開いた。

「つまり、おまえの他《ほか》に六十一人、失恋した奴がいるって訳だ。だが不登校なんかした馬鹿はおまえだけだぞ。……取り返しがつかない事になる前に学校に出てこい」

「ろくじゅういちにん……」

とんでもない数字が理解できなかったのだろう、ぼんやりとした顔で大藪が繰《く》り返す。香雨が楽しそうに眺《なが》めているとようやく脳に情報が馴染《なじ》んだのだろう、ぱっと表情が変わった。

「なんだよ六十一人って！　センセー、モテすぎだろ。なあ、俺以外でセンセーにコクったのって誰《だれ》？　センセー、そいつら全員振ったのか？　そん中に俺よりいい男いた⁉」

「ノーコメント。この間も言ったけど、俺は教師だぞ。どんなにいい男でも在校生とお付き合いなんてできねーの」

佑斗は香雨が示した餌《えさ》にすぐに気がついた。

「じゃあ、卒業すればいいんだな？」

「さあな。でも明日も学校に来なかったら大藪が俺にコクった奴の中で一番の馬鹿にランキングされるのは間違《まちが》いない」

はぐらかそうとする言葉に、佑斗が鼻に皺《しわ》を寄せる。

「前々から思っていたけど、センセーって無茶苦茶《むちゃくちゃ》だよな。普通《ふつう》傷心の生徒に馬鹿とか言わねーよ。もうちょっと優《やさ》しく学校に来るよう説得するもんじゃねーの？」

香雨は肩《かた》を竦《すく》めた。

「大藪、なんか勘違《かんちが》いしてないか？　おまえがこのまま退学したり受験に失敗したりしても、俺は痛くも痒《かゆ》くもないんだぞ。学校に行かなくて困るのはおまえ自身だ」

「う……」

「俺の事なんて忘れて、さっさと学校に来い。大藪はこんな事くらいで自分の人生フイにするようなバカじゃないだろう？　俺は教師だから駄目《だめ》だが、大藪はいい男だと思うぜ。たった一度の失恋くらいでへこんでないで他に目を向けろよ。世の中にはおまえにふさわしいいい男もいい女も山ほどいる」

「別にそんなの要《い》らない。俺が好きなのはセンセーだけだし」

香雨は踵《かかと》で床《ゆか》を蹴《け》ってベッドの傍《そば》へと椅子を滑《すべ》らせると、佑斗の頭をぐしゃぐしゃとかき回してやった。

「じゃ、ご褒美《ほうび》に昼食くらい食わせてやるから、明日はちゃんと学校に来い」

見え透《す》いた機《き》嫌取《げんと》りに佑斗は香雨を睨《にら》み付ける。香雨は苦笑《くしよう》すると手を引っ込めた。

「その代わり明日来なかったら俺はもうおまえには構わない。放っておくから、好きにしろ」

冷たく突き放す言葉に、佑斗の瞳《ひとみ》が揺《ゆ》れた。

「――なんてな」

ふっと不安を誘《さそ》う笑《え》みを浮かべ、香雨は立ちあがる。

「センセーって卑怯《ひきょう》だよな。付き合ってくれないくせに、うまい事言って、髪撫《かみな》でて……」

あざとい事をしていると、香雨も思う。だがこれくらい図太い根性《こんじょう》をしていなければ、狼《おおかみ》だらけの男子校の教諭《きょうゆ》など務まらない。

いいな、来いよと念を押すと、佑斗は小さく頷いた。

＋　＋　＋

香雨には同性に恋《こい》する者の気持ちがわからない。女の子としか付き合った事がないからだ。女の子は小さくて柔らかい。いい匂《にお》いがして弱くて、守ってやらねばならない生き物だ。何を考えているのか理解できない事も多いが、好みの子がいれば気持ちが高ぶるし、欲望《よくぼう》を覚える。学生時代の香雨は常に誰かしら可愛《かわい》い女の子と付き合っていた。

同性相手にそんな気持ちになった事は香雨にはない。どうしてそんな気持ちになれるかもわからない。

「センセー」

ふてくされたような声に振《ふ》り返ると、美術室の入り口に佑斗が立っていた。所在なげにズボンのポケットに手を突《つ》っ込んでいる。

窓辺に据《す》えられた机に腰掛け、空を眺めていた香雨はうんと軀を伸《の》ばした。

「来たか、大藪」

涼《すず》やかに笑む。

香雨はいつも通り、襟元《えりもと》を緩《ゆる》めたワイシャツに絵の具で汚《よご》れた白衣を羽織っていた。陽《ひ》の光に透けて見えるスレンダーな軀のラインに、佑斗が眩《まぶ》しそうに目を眇《すが》める。

「センセーがランチデートに誘ってくれたのに、来ない訳にはいかないじゃん」

「ものは言い様だな。ほら、好きなのを選べ」

机から滑り下りると、香雨は側に用意してあったパン屋の袋《ふくろ》を逆さまにした。傷だらけの机の表面にパンがいくつも転がり出る。

点在する椅子の間を縫《ぬ》うようにして香雨へと近づいてきた佑斗が不満の声を上げた。

「えー、パンー？　センセーの手作り弁当じゃねーの？」

「何ナマ言ってんだ。俺がそんなもの作る訳ないだろ」

「しかもこれ、通学路にあるパン屋のじゃん。どうせなら美味《うま》い店のパン買ってきてくれればいーのに」

「パンなんかどこで買ったって同じだろ」

「全然ちげーよっ。米粉のパンとか天然酵母《こうぼ》使ったパンとか、センセー食った事ねーの？」

「ないな」

つれない返答に佑斗は唇を尖《とが》らせた。

「ねーセンセー、すげえ納得《なっとく》いかねーよ。折角《せっかく》勇気を振り絞《しぼ》って学校来たのに、ご褒美がパンだなんて。やっぱ弁当作ってよ」

「無理だな。大体弁当なんか作った事もない」

「うわますます食ってみてえ。センセーのたった一度しかない初体験を俺に捧《ささ》げて欲しー」

「いかがわしい言い方すんな」

ふざけながら近くの椅子《いす》を引き寄せ座った佑斗は、それでも昨日よりは穏《おだ》やかな顔をしていた。香雨も硬い椅子に腰《こし》を下ろし、別の袋からペットボトルを二本取りだす。

焼きそばパンに、粒《つぶ》あんとバターをたっぷりコッペパンに挟《はさ》んだ通称あんバタ、コロッケサンドにハムと卵のサンドイッチ。胡桃《くるみ》パンに無花果《いちじく》パン。

佑斗は真っ先にあんバタに手を伸ばした。無造作にフィルムを剝《む》いていく。どこか骨太な感のある兄と異なり、佑斗の鼻筋は細く、顎《あご》のラインもシャープだ。

いかにも女の子にもてそうな甘い顔立ちを、香雨はぼんやりと眺める。

どうしてこの子はこんなにイケメンなのに、自分なんかに告白しようと思い立ったんだろう？

多分告白すれば、どんな可愛い女の子もすんなりＯＫしてくれる。マシュマロみたいに柔らかい胸にもすぐ触《さわ》らせてくれるだろう。女の子に色々させてもらうのはすごく気持ちいいのになぜ硬くてゴツい男を選ぶのか、香雨には全く理解できない。

「センセー、照れっからあんま見ないでよ」

パンを齧《かじ》っていた佑斗が俯《うつむ》いたまま呟《つぶや》く。長い前髪《まえがみ》の間から覗《のぞ》く頬《ほお》が赤くなっているのに気づき、香雨は慌《あわ》ててペットボトルのキャップをひねった。

ぬるくなった烏龍茶《ウーロンちゃ》が喉《のど》を流れ落ちてゆく。

「あー、おまえんちってご両親、海外なんだよな。飯とかいつもどうしてんだ？　あのお兄さんが作ったりしてんのか？」

「あいつがンな事する訳ねーじゃん」

あっという間に一つ目のパンを食べ終わると、佑斗は手に付いたバターを舌で舐《な》め取った。動物的な仕草が香雨に迅を思い出させる。

実にいけ好かない男だった。

「大藪のお兄さんて、どんな人なんだ？」

少し硬い声で香雨は質問する。新しいパンのテープを剝《は》がそうとしていた佑斗がちらりと香雨を盗《ぬす》み見て顔を顰《しか》めた。

「頭はいいけど、すごく横暴で底意地が悪い」

うまく剝がれなかったテープがパッケージごとびりりと破れる。小さな溜息《ためいき》をつくと、佑斗は力尽《ちからず》くでビニールを引きちぎり始めた。

「でもって、ゲイなんだ」

「やっぱり！」

驚《おどろ》くどころか大きく頷《うなず》いた香雨に、佑斗の目つきが変わった。

「センセー、もうアニキにコナかけられたのかっ⁉」

「いや別に」

あまりの食いつきのよさに、香雨はとっさに嘘《うそ》をついた。だが佑斗は誤魔化《ごまか》されない。

「でもなんかされたんだろ。でなきゃそんなリアクションが返ってくる訳ないもんな」

疑り深い視線を避《さ》けるように、香雨は無花果パンを手に取る。ドライ無花果のぷちぷちした食感が最高においしいが、このパンはフランスパンのように硬《かた》くなかなか嚙《か》みきれない。

がじがじとパンを齧っている香雨に焦《じ》れた佑斗が言葉を重ねる。

「やけにセンセーの事根掘《ねほ》り葉掘《はほ》り聞いてきたからヤバいと思ったんだ。センセー気をつけろよ、うちのアニキ、すげー手が早いんだ。でもって手段を選ばねえ。今朝だって、俺にやっぱ学校なんか行かなくていいなんて言い出したんだぜ？　おまえがゴネればセンセーにまた会えそうだからなって。センセーの顔見るまでは、学校行け行けってうるさかったのにさあ」

自分勝手な発言に、香雨は呆《あき》れた。

さすが初対面の男の腰を触ってくるだけの事はある非常識さである。

「おまえに怒鳴《どな》っている声聞いた時は弟を更生《こうせい》させようと努力しているいいお兄さんだと思ったんだけどな」

「あんな奴《やつ》、全然よくねーよ」

佑斗は開けたばかりのペットボトルを一気に半分飲み干すと、三つ目のパンに手を伸ばした。

「とにかく！　頼《たの》むからアニキには近づかないでくれよな、センセー」

「近づかないよ。大体近づくような機会もないしな」

好んで近づきたい相手でもない。

香雨が請《う》け合うと、佑斗は肩《かた》の力を抜《ぬ》いた。余程迅に香雨を取られるのが厭《いや》らしい。

――まだまだ子供だな。

香雨はいきなり手を伸ばすと佑斗の頭をわしわし撫《な》でた。

「なにすんだよっ」

佑斗が見る間に真っ赤になる。ぶんぶん頭《かぶり》を振って香雨の手を振り払《はら》おうとする仕草が、まるで犬《わんこ》のようだ。

「やめろって。センセーってほんと最悪」

床《ゆか》に擦《す》れた椅子の脚《あし》が耳障《みみざわ》りな音を立てる。香雨の手の届かない距離《きょり》まで退避《たいひ》すると、佑斗は乱れてしまった髪《かみ》を指先で摘《つま》んで整えた。

怒《おこ》ったような顔をしてみせてはいるが、香雨を見つめる眼差《まなざ》しには好きという気持ちが溢《あふ》れている。だがもう大丈夫《だいじょうぶ》。そう香雨は確信していた。

佑斗はバカではない。在学中に香雨に気持ちを受け入れてもらう事はできないのだと、もう理解した。別に生徒でなくなっても香雨が佑斗を好きになる事はないが、卒業までしのげればそう会う機会もないしなんとでもなる。ずるいと思われるかもしれないが、香雨はゲイではないし、月日が経《た》てば佑斗の気持ちも冷める筈《はず》だ。どうして男を好きだなんて思えたのだろうと、自分で自分に呆れる日がきっと来る。

とりあえずはこれにて一件落着。迅と会う事ももうないだろう、そう香雨はのんきに思っていたのだが。

＋　＋　＋

「こんばんは、先生。今帰りか？」

すっかり暗くなった空に歪《いびつ》な月がぽかりと浮かんでいる。

香雨が校門を出た途端《とたん》、近くに停《と》まっていた車がすうっと近づいてきた。不審《ふしん》の目を向ける香雨の前で、するすると窓が開く。食えない笑《え》みを浮かべた迅が運転席に座っているのを認め、香雨の眉根《まゆね》が寄った。

「ええ、まあ」

「飯食いに行かないか？　いい店知ってんだ」

迅は香雨の歩調に合わせゆっくり車を走らせる。

「……お断りします。先日も申し上げましたが、特定の保護者と懇意《こんい》にしていると思われたくないので」

「いいじゃないか。誰《だれ》に何を言われようが」

無神経な言い草に、香雨の眉がぴくりと動いた。ルーフに手を置き身を屈《かが》めると、声を抑《おさ》えながらもぴしゃりと言い放つ。

「いい訳がないでしょう。今はどんなくだらない事で誰に何を言われるかわからない時代なんです。それに俺はゲイじゃありません。男が欲しいなら他《ほか》をあたってください」

夕闇《ゆうやみ》の中、香雨の瞳《ひとみ》が弱い街灯の光を反射し鋭《するど》く光る。

話をする気が失《う》せるようあえて辛辣《しんらつ》に言ったのに、迅は逆に笑みを深めた。

「いいな。あんた、怒った顔もすごくいい。ぞくぞくするというか——むらむらクる」

全く人の話を聞いていない迅に、香雨はきりきりと眉を吊《つ》り上げる。

「……俺を怒らせたいんですか？」

「いいや」

香雨の苛立《いらだ》ちを涼《すず》しい顔で受け流し、迅は車を停めた。ハンドルを握《にぎ》ったまま小さな溜息をつく。憂鬱《ゆううつ》そうな様子に、香雨も足を止めた。

「実は弟について相談に乗って欲しくて来たんだ。弟が告白した相手って、あんたなんだろ?」

言いにくそうに切り出され、香雨は眉を顰《ひそ》めた。

「弟から聞いているんだろう、俺の事。あいつがああなったのは俺の影響《えいきょう》なんじゃないかと思うんだ。俺としてはあいつにはこんな面倒臭《めんどうくさ》い生き方はさせたくないんだが、どうしたらいいのかわからない。——助けてくれないか、先生」

突然《とつぜん》の重い相談に、香雨は居住まいを正した。

「助けてと言われても……俺はこういう方面の話には詳《くわ》しくないのであまりお力にはなれないと思うんですが」

言葉遣《ことばづか》いを改めた香雨に、迅が縋《すが》るような目を向ける。

「とにかく話を聞いて欲しいんだ。車で少し行った先に、いい店がある。目立たない店だが、料理はうまいし個室もある。大丈夫、もう夜だ。誰も先生に気づかない。俺も先生とデートしたなんて、誰にも言わないよ」

デートという単語が耳に引っかかり、香雨は指の節で薄《うす》い唇《くちびる》を押さえた。

いきなり軀《からだ》に触《ふ》れてきた事を香雨はまだ忘れていない。生真面目《きまじめ》な顔をしてみせてはいるが、迅はどことなく嘘くさい匂《にお》いを纏《まと》っている。

迅の言葉のどこまでが本当なのか香雨にはわからない。全部自分を口説くための嘘なら付き合うのは馬鹿《ばか》らしいが、もし本心から相談したいと思っているのならけんもほろろに断るのはまずい。

「ま、いいか」

あっさりと決断を下すと、香雨は助手席側に回り込んだ。

最近はとんでもないモンスターペアレンツも多い。下手な事を言ってトラブルを引き起こすよりは、騙《だま》される方がましだ。幸い夕闇に閉《と》ざされた裏通りからは人通りも絶え、生徒たちに見咎《みとが》められる心配はない。

小さな音を立てロックが外れる。香雨が素早《すばや》く扉《とびら》を開け座席に収まると、車は滑《すべ》るように走り出した。住宅地の奥へ奥へと分け入ってゆく。

店へは十分ほどで着いた。細い路地の中で角灯がひとつ、オレンジ色の光を放っている。古い門構えが普通《ふつう》の民家のように見えたが、からからと音を立て引き戸を開けると、おでんの匂いが広がった。まだおでんという季節ではないが、今日は一日中妙《みょう》に涼しかったし悪くない。

靴《くつ》を脱《ぬ》いで上がった板の間には座卓《ざたく》が並べられ、客が日本酒や焼酎《しょうちゅう》を傾《かたむ》けている。

迅と香雨はすぐに奥の小さな座敷《ざしき》へと案内された。

「熱燗《あつかん》でいいだろう？」

どっかりとあぐらをかいた迅がメニューを開くより先に決めつける。香雨は眉を顰めた。

「車で来たのに飲むんですか？」

「馴染みの店だからな。朝まで車を置かせてくれる。頼めばタクシーを呼んでくれるし、半月を眺《なが》めながら歩いて帰るのも乙《おつ》なもんだ。ちょっと時間はかかるがな」

作務衣《さむえ》姿の老人が伝票片手に膝《ひざ》をつく。

「ジンさん、お猪口《ちょこ》は二つでいいのかい？」

「ああ」

香雨は慌《あわ》てて首を振《ふ》った。

「俺は、お酒は」

「自分のセクシャリティに関する話をするんだ、アルコールでも入らなきゃ舌が回らない。それにこの店はこの辺では珍《めずら》しいいい酒を扱《あつか》ってる。味見だけでも付き合えよ、先生」

割烹着《かっぽうぎ》を纏った中年の女性が、徳利《とっくり》と猪口を二つ載《の》せた盆《ぼん》を運んでくる。少しでいいからとせがまれ、香雨は渋々《しぶしぶ》猪口を手に取った。

香雨は本当は日本酒が好きではない。特に熱燗は日本酒特有の匂いが鼻につくので苦手だ。だから本当に少しだけ味見するつもりで猪口に口をつけたのだが。

「あ――――おいしい」

迅お勧《すす》めの熱燗は、驚《おどろ》いた事に本当においしかった。

匂いはあるが、気にならない。厭な甘ったるさもなくきりりとしている。癖《くせ》のない味がするりと喉《のど》を滑り落ちてゆき、胃の腑《ふ》に快い熱が湧《わ》いた。

「だろう？　おでんもうまいぞ。タネは何が好きだ？」

おでんが盛りつけられた素朴《そぼく》な鉢《はち》が座卓に置かれる。

「ええとでは、大根を」

迅が慣れた手つきで大きな大根を割り、取り皿に載せた。傲岸不遜《ごうがんふそん》な態度から、香雨はこの男は細かい気遣《きづか》いとは無縁《むえん》なのだろうと思っていたのだが、そうでもないらしい。勧められるまま、香雨はおでんを口に運ぶ。

優《やさ》しい味がよく染《し》みている。とてもおいしい。

「どんどん食え。他にも欲しいのがあれば追加するといい」

茶色くなった卵を頬張《ほおば》りながら、香雨は餅《もち》入り巾着《きんちゃく》を追加した。ついでに烏龍茶《ウーロンちゃ》も頼《たの》む。うっかり見てしまったドリンクメニューには、迅がオーダーした熱燗が一合三千円もすると記載《きさい》されていた。

同僚《どうりょう》や友人たちとはこんな高い酒の置いてある店には行かないし、あっても絶対注文しない。二度と飲めないかもしれないとちびちび酒を味わっているうちにいつしか香雨は一杯《いっぱい》だけで止めておこうと思っていた事など忘れ、干した猪口に酒を注ぎ足していた。

その身を包んでいた硬《かた》い空気が影《かげ》を潜《ひそ》め、紅に染まった目尻《めじり》がとろりと蕩《とろ》ける。

料理に舌鼓《したつづみ》を打つ香雨を、迅は息を潜め獲物《えもの》を狙《ねら》う獣《けもの》の目で見つめた。

「先生はなんで男子校の教師になったんだ？」

不意に投げかけられた質問に、香雨は思い出したように目を瞬《しばたた》いた。警戒《けいかい》する事などすっかり忘れ料理を楽しんでいた自分に気づき、少し困った顔になる。

「あー、えーと」

「答えたくないのなら、答えなくてもいいぞ。デリケートな話題に入る前に雑談でもと思っただけだからな」

うーんと小さく唸《うな》り、香雨は猪口の中を見つめた。

「別に隠《かく》すような理由じゃない。単に女なんかいない方が気楽だと思っただけだ。想像してみろよ。センセーセンセーって慕《した》ってくれる女の子たちに囲まれたハーレムみたいな環境を。別にそれだけだったら我慢《がまん》できると思うが、好みの女の子にセンセー好き、なんて告白されたりしたら、俺には手を出さない自信がない」

香雨の口調が砕《くだ》け始めたのに気づき、迅は目を細めた。

「……意外だな。そんな生臭《なまぐさ》い回答が出てくるとは思わなかった」

酔《よ》った香雨はシャツの隙間《すきま》から覗《のぞ》く胸元《むなもと》まで桜色に色づかせ、艶《つや》やかに笑う。

「皆《みんな》そう言うな。もっと清廉潔白《せいれんけっぱく》な人だと思っていたとか、見た目と違《ちが》って気が強いんだなとか、殴《なぐ》り返す事など知らない人かと思っていたのにとか。——あんたもあんまり俺を侮《あなど》らない方がいいぜ」

己《おのれ》の凶暴性《きょうぼう》をアピールしようとする香雨に、迅は面白《おもしろ》がるような笑《え》みを浮《う》かべた。

「あんたは見た目通りの人間じゃないって事か。──素敵《すてき》だ」

すっかりいい気分になった香雨は足を崩《くず》し、手酌《てじゃく》で猪口に酒を注ぎ足した。

「別に俺は色情狂《しきじょうきょう》って訳じゃないんだぜ。そういう事件があったんだよ、俺の教育実習先で。仲間の一人が女子生徒に強引《ごういん》に迫《せま》られて、えらい事になった。それでビビって楽そうな道選んだんだが──かえって大変な目に遭《あ》っている気がするな。ところで俺も聞きたい事があるんだが、いいか？」

「どうぞ」

「なんであんたゲイになったんだ？　男のどこがいい訳？」

無邪気《むじゃき》に問われ、日本酒を啜《すす》ろうとしていた迅がむせた。

「……難しい質問だな。俺にとってはただ、イイと思うのがいつも男性だったってだけなんだが」

へえ、と香雨は驚きの声をあげる。

「教師になってからいろんな奴《やつ》に告白されてきたけど、イイと思える男なんて一人もいなかったけどな」

「たまたま先生がこれまでいい男に出会えなかっただけなんじゃないか？──俺のような、

な」

思わせぶりな間を空け囁《ささや》きかけた迅を、香雨は笑い飛ばした。

「自信過剰《かじょう》な奴だな！」

確かに迅は見た目はいい男だ。それに——と考え、香雨はぶるりと軀《からだ》を震《ふる》わせた。

ワイシャツ越《ご》しに感じた掌《てのひら》は、熱かった。

触《ふ》れられていた時間は短かったけれど、普《ふ》段《だん》他人に触《さわ》られるのとはまるで違う、じんわりと熱が浸《し》みてくるような奇妙《きみょう》な感覚を味わわされた。

あれは、なんだったんだろう。

ふっと笑みを消し、香雨は頬杖《ほおづえ》をつく。低い座卓に体重を傾ける為《ため》反った腰《こし》のラインがなまめかしい。

「なあ、男同士で付き合うってどんな感じなんだ？」

呂律《ろれつ》の回らない教師の手の中から猪口を取り上げながら、迅は考えこむように視線を泳がせた。

「——そうだな、スリリングだ、とても」

「やっぱりおおっぴらには付き合えないんだろ？　セックスとか、大変なんじゃねえの？」

「それはやりかた次第《しだい》だな。コツさえ心得ていればすごくイイ。特に俺はうまいぞ。天国を味わわせてやるから、経験してみないか？」

「そう言う奴に限って下手だったりすんだよなー。つーかさ、おまえ弟が俺に告白したって知ってんだろ？　なのになんで口説くような事言うんだ？」

にやりと、迅はひどく悪辣《あくらつ》で——魅惑《みわく》的な笑みを見せた。

「恋愛《れんあい》は早い者勝ちじゃないし、惚《ほ》れたら恋敵《こいがたき》が誰《だれ》でも全力で奪《うば》いにいくものだ。好きあっているならともかく、あんた、弟には気がないんだろう？」

「まー、そーだけど」

酷《ひど》い男だなと香雨は迅の評価を下方修正する。この男には、弟に対する思いやりの欠片《かけら》もないようだ。

迅は香雨の軽蔑《けいべつ》など知らぬ気に、ぬるくなった燗酒《かんざけ》を勢いよくあおった。

「それに弟には男の恋人《こいびと》なんて持って欲しくないんだ、俺は」

ぼそりとこぼされた言葉が、香雨の耳にひっかかる。

盗《ぬす》み見た迅の横顔には、ゲイである苦悩《くのう》や弟への愛着や、その他様々な感情が透《す》けて見えるような気がした。

——気のせいかもしれないが。

軽く首を振ると、香雨は気怠《けだる》い手付きで烏龍茶のグラスを引き寄せた。

「好きな人の事話して聞かせるなんて、大藪家は随分《ずいぶん》兄弟仲がいいんだな」

「親が傍《そば》にいないんだ、当然だろう？　まあ佑斗は恥《は》ずかしがってなかなか白状しようとしなかったがな」

「無理矢理《むりやり》聞き出したのか」

迅は悪びれもしない。

「どうしても学校に行きたくないとゴネるんだから仕方がない。あんたも弟を振《ふ》るのはいいが、もう少し言葉を選んでくれ。ガタイこそでかいが弟は繊細《せんさい》なんだ」

「せんさい〜？」

思わず香雨が吹《ふ》き出すと、迅も苦笑《くしょう》した。

「そうは見えないだろうが、あいつはガキの頃《ころ》は軀が弱くて学校も休みがちだったんだぞ。その頃は親も日本にいたがやっぱり仕事が忙《いそが》しくてほとんど家にはいなくてな、俺が面倒《めんどう》をみてやっていたからよく覚えている。調子よく振る舞《ま》ってはいるが、本当のあいつはすごく——傷つきやすいんだ」

ふっと迅の身を包む威圧感《いあっかん》が緩《ゆる》んだ。

「ふうん。じゃ優しいお兄ちゃんとしては青くなったんじゃないか？　弟が俺みたいな男に告白したって聞いて」

「……確かに困った事になったと思ったな。だがあんたを見て、仕方ないとも思った。こんなのが目の前にいたんじゃ、どうしようもない」

「んん？——俺が、なんだって？」

香雨がやけに幼い仕草で首を傾《かし》げる。頬杖をついたままずいと身を乗り出してきた香雨に、迅は目を瞬《しばたた》かせた。

「女の子がイイって言う割にはあんた、ゲイに興味津々《きょうみしんしん》だな。傍に俺みたいのがいて、気持ち悪いと思わないのか？」

「――なんで？」

心底不思議そうに香雨は問い返した。

香雨にとって彼らは、面倒だが無害な存在だ。

「わかってないのか？　あんたを好きって言っている男は、あんたを抱《だ》きたいって思ってんだぞ、コウ」

呼び捨てにされた事に気がつき、香雨はぴくりと片眉《かたまゆ》を上げる。

「それくらいわかってるよ。別にそんなの普通《ふつう》だろ？　俺だって好みの女の子見たらそれくらい妄想《もうそう》する。駄目《だめ》だなんて言える立場じゃない」

白漆喰《しっくい》の壁《かべ》に寄りかかり、香雨は目元を擦《こす》った。

とばしすぎだ、とぼんやり思う。酒には強くないのに、ハイピッチで飲んでしまった。おかげで眠《ねむ》い。頭がぼーっと霞《かす》んでくる。

「あんたを力尽《ちからず》くで手に入れようとする馬鹿《ばか》もいるかもしれないぞ」

気を抜《ぬ》くとすぐ閉じようとする重い瞼《まぶた》と格闘《かくとう》しながら、香雨は唇《くちびる》の両端《りょうたん》を引き上げた。

「まあ、実際いたけど、今の所なんとかなってるし……別に大丈夫《だいじょうぶ》じゃね？」

迅が息を呑《の》んだ。

香雨が軽い気持ちで口にした言葉に、その表情が一変する。

「——馬鹿野郎《ばかやろう》！」

急に声を荒《あら》げた迅に驚《おどろ》き香雨はとろんとした目を上げた。ひどく険しい顔に不思議そうに瞬《また》く。

この男は一体何を怒《おこ》っているんだろう？

「平然となんて事を言うんだ。今までうまく対処できたって次もうまくいくとは限らないんだ。もっと危機感を持って自分の身を守れ。ほいほい男について行くな。もし今、俺がその気になったら、あんた、簡単に食われるぞ」

「俺を食うだ——？」

香雨はむっとして立ち上がろうとした。偉《えら》そうに説教を垂れるこの男に自分に手を出すと痛い目に遭うのだと教えてやるつもりだった。

だが——頭の芯《しん》が、くらりと揺《ゆ》らぐ。

やばい。俺、結構酔《よ》ってる？

ようやく自分の状態に気がつき、香雨は狼狽《ろうばい》した。

視界が回転し、綺麗《きれい》に磨《みが》き上げられた板の間と座布団《ざぶとん》が迫《せま》ってくる。

ちょっと、まずい。これじゃあこの身の程《ほど》知らずの男に俺の実力を知らしめる事ができない。

それ以前に――受け身も取れず転んだら、怪我《けが》をするかも。

だが、いつまで経《た》っても痛みも衝撃《しょうげき》も訪《おとず》れなかった。

酔いに混じった睡魔《すいま》がふんわりと香雨を抱き留《と》め――ぷつんと意識が途切《とぎ》れる。

おいタクシーを呼んでくれと頼《たの》む迅の声が遠く微《かす》かに聞こえた。

＋　＋　＋

子供のように抱き上げられる感覚に、香雨は小さな鼻声を漏《も》らした。

しーっと誰かが耳元でささやく。

心配などしなくても、ぐでんぐでんに酔っぱらった上半分以上眠っている香雨におしゃべりする余力などない。

ベッドに横たえられた香雨の肩《かた》からシャツが滑《すべ》り落ちてゆく。ベルトが器用に緩められ、窮《きゅう》屈《くつ》なズボンが引き下ろされる。服を脱《ぬ》がされた香雨は、抗議《こうぎ》するどころか気持ちよさそうな溜《ため》息《いき》を漏らした。

誰かが香雨の髪《かみ》を優《やさ》しく掻《か》き上げ、熱く濡《ぬ》れたものをこめかみに押し付ける。

これは、キス。

耳の下、左右の胸、平らな腹に膝頭《ひざがしら》。

風が戯《たわむ》れているかのようなさりげない愛撫《あいぶ》がそちこちに落とされる。大人になってから、他人に身を委《ゆだ》ね、甘やかされた事などない。だらしのない姿を晒《さら》してはいけないとぼんやり思ったが、優しく扱《あつか》われるのは心地よかった。

時折硬《かた》いものがざりりと皮膚《ひふ》を擦り、香雨はなんだろう、と不思議に思う。よく知っている感触《かんしょく》だ。だが膝頭に擦りつけられる訳などないものだ。朝はさりりとしているのに、夕刻になるとざらざらとごわつき肌《はだ》を刺《さ》すもの――これは男の、ひげだ。

そう気づいた瞬間《しゅんかん》、香雨は勢いよく身を起こした。

柔《やわ》らかな朝の日差しが差し込む部屋に香雨はいた。どこか遠くで、鳩時計《はとどけい》が六時を告げている。

見覚えのないベッドに法律書がぎっしり詰《つ》まった本棚《ほんだな》、書類が山積みになった実務一辺倒《いっぺんとう》のデスクを眺《なが》め、香雨はくしゅんとくしゃみをした。

肌寒《はだざむ》さに、香雨はようやく自分が服を着ていない事に気づく。着ていたシャツは消えており、上半身が剝《む》き出しになっていた。布団を持ち上げてみると、ズボンもはいていない。下着は一応つけていたが、そんな事は何の保証にもならない。

昨夜、一体何がどうなったんだっけと香雨が必死に記憶《きおく》を辿《たど》ろうとしていると、低い男の声が朝の空気を震《ふる》わせた。

「んー」

香雨はびくりと肩を揺らし、傍《かたわ》らを見下ろす。

男が隣《となり》で寝《ね》こけている。

寝返りを打ち、浅黒い腕《うで》で日差しから顔を守ろうとする男の顎《あご》は、うっすらとひげで覆《おお》われていた。

上半身には何も着ていない。逞《たくま》しい肩が毛布の隙間《すきま》に覗《のぞ》いている。

――そうだ、昨夜はこの男に日本酒を飲まされたんだった。

香雨は酒に弱いが、翌日には引きずらない。記憶も明瞭《めいりょう》だ。

危機感を持てと言われた事は覚えていた。今なら簡単に食えるぞと脅《おど》された事も。だがその後の記憶がいくら探しても出てこない。という事はこの男が自分をベッドに連れ込み脱がせたのだろうと結論づけ、香雨は切れ長の目を細めた。

この男が、ただ脱がせるだけで済ませる訳がない。

その証拠《しょうこ》に、まだ半分眠っているこの男は、むにゃむにゃ言いながら香雨の腰《こし》に抱きつこうとしている。

「この野郎《やろう》、昨夜俺に何しやがった！」

ぼすん、と枕《まくら》が気の抜けた音を立て、羽毛《うもう》が飛び散った。

寝ていた筈《はず》の迅が大きく目を見開き、香雨を見上げている。如何《いか》なる偶然《ぐうぜん》か、横っ面《つら》を狙《ねら》った一撃《いちげき》は避《よ》けられ、羽根枕に突《つ》き刺さっていた。

「おい……いきなり何をするんだ」

迅の非難の眼差《まなざ》しを受け止め、香雨は唇を引き結ぶ。

素早《すばや》く上掛《うわが》けを撥《は》ね除《の》け、飛び起きる。同時に迅も軀《からだ》を起こした。過不足なく筋肉のついた理想的な雄《おす》の軀を憎々《にくにく》しげに睨《にら》みつけ、香雨は再び拳《こぶし》を繰《く》り出す。

「ちょ……っ、待てって……！」

しっかり両膝《りょうひざ》を踏《ふ》ん張り腰のひねりを利《き》かせた必殺の一打はだが、乾《かわ》いた音と共に迅の掌《てのひら》で受け止められた。

「——なんでだ⁉」

またしても攻撃《こうげき》を阻止《そし》された事に、香雨は愕然《がくぜん》とする。

たおやかな外見とは異なり、香雨は喧嘩《けんか》に負けた事がない。実家の隣が道場だったので、香雨は幼い頃《ころ》から剣道《けんどう》を習いに行っていた。門下生の数が少なく経営が厳しかったのだろう、そのうち道場は時間貸しされるようになり、空手や合気道、時にはムエタイなど、様々な教室が開かれるようになった。

子供だった香雨は目新しい教室に片《かた》っ端《ぱし》から申し込み、技《わざ》の習得に励《はげ》んだ。

どの指導者も筋がいいと香雨を誉《ほ》めてくれた。強くなれるのが香雨は純粋《じゅんすい》に嬉《うれ》しかった。バトルアニメや特撮《とくさつ》大好きな男の子らしく、香雨は〝強い男〟に憧《あこが》れていたのだ。

出費がかさんでたまらないと母親は怒ったが、誰《だれ》かの〝コウちゃんは可愛《かわい》いんだから護身術くらい心得ておいた方がいいよ〟という忠告に折れた。

――まさかこの年になってあの忠告のありがたみを実感する日が来るとは思わなかったがな――。

おかげで香雨は現在の環境《かんきょう》に易々《やすやす》と順応してのけている。手を出そうとする馬鹿にはきっちりお仕置きできるだけの力が香雨にはある。生徒に強引《ごういん》に迫られた所で危機感など感じない。迅の車に大人しく乗り込んだのも、だからだった。初対面で躯に触《さわ》ってくるような男である。あらぬ事を考えているのかもしれないとは当然思ったが、香雨には何を仕《し》掛けられてもしのげる自信があった。

だが現実は、香雨が思っていたのとは違《ちが》う様相を呈《てい》しつつある。

スプリングがぎしりと軋《きし》んだ。

「おい……っ」

ベッドの表面についた繊手《せんしゅ》を基点に躯を回転させ放った蹴《け》りを、迅はひょいと床《ゆか》に飛び降りる事で避けた。

香雨は間髪《かんはつ》容れず追撃《ついげき》する。

後を追って軀を跳《は》ね上げながら、羽根枕を摑《つか》み投げつける。

またも迅が避けた為《ため》、棚《たな》の上に置かれていた目覚まし時計が叩《たた》き落とされ、けたたましい音を上げ始めた。

破れ目から溢《あふ》れ出た羽毛が、部屋中に飛び散る。

「おい、朝っぱら何すんだ、コウ」

――なんなんだ、こいつ――。

しっかりと床を踏み放った渾身《こんしん》の回し蹴りを、迅はボクサーのように両腕《りょううで》を顔の前に翳《かざ》しガードした。

これまで、香雨の攻撃をこれ程長くしのげた者はいない。大抵《たいてい》は素直《すなお》に一発食《く》らって悶絶《もんぜつ》して終わりだ。たまに最初の一撃を防げても、衝撃にひっくり返るくらいはする。だが迅は見た所、ノーダメージだ。

狭《せま》い部屋の中を器用に後退していく迅にせめて一矢《いっし》報《むく》いようと、香雨はベッドに飛び乗った。迅に向かって跳《と》び、膝《ひざ》を腹に叩き込もうとする。だがこれも揃《そろ》えて掲《かか》げられた両腕に阻《はば》まれ、不発に終わった。

迅の軀は、まるで巌《いわお》のようだった。

香雨の全身がかあっと熱くなる。アドレナリンが全身を駆《か》けめぐり、異様にテンションが高まってゆく。

こいつ、どうすれば倒《たお》せるんだろう?

だんだん、わくわくしてきた。

攻《せ》めあぐね、息もつかせぬラッシュを中断すると、香雨は少し距離《きょり》を置いて構えた。用心深く重心を落としたまま、呼吸を整える。

ぽたりと汗《あせ》が落ちる。

落ちた目覚まし時計が鳴り続けているが、集中している香雨には聞こえない。

さあ今度はどう仕掛けよう。

物騒《ぶっそう》な笑《え》みが香雨の口元に浮《う》かぶ。筋肉が収縮し、神経が更《さら》に研《と》ぎ澄《す》まされてゆく――だが不意に開けられた寝室《しんしつ》の扉《とびら》に、勝負は中断された。

「アニキ、何やってんだよ。朝っぱらからうるせーよ、時計止めろ……って、なんでセンセーがここにいんの⁉」

「あ」

能天気な佑斗の声に、ぴんと張りつめていた空気が乱れた。迅だけに向けられていた感覚が拡散し、先刻までの鋭敏《えいびん》さを失ってゆく。

一度途切《とぎ》れてしまった集中を取り戻《もど》すのは容易ではない。

終わりだ――。

心地《ここち》よい緊張感《きんちょうかん》が消えてしまうのを惜《お》しみながらも香雨は構えを解いた。それを見て、腰を落とし攻撃を警戒《けいかい》していた迅も背中を伸《の》ばす。乱れたベッドは羽根だらけだ。

「しかも、なんでセンセー、服着てねーんだよっ！　二人きりでナニしてたんだっ」

香雨はとっさにベッドの上で皺《しわ》くちゃになっていたシーツを鷲掴《わしづか》みにしてひっぺがした。普《ふ》段《だん》なら裸身《らしん》を晒《さら》す事など屁《へ》とも思わないのだが、食い入るような佑斗の目つきが怖《こわ》い。素早く軀に巻きつけ、軀を隠す。

だが丈《たけ》の短いシーツの裾《すそ》から細い二本の素足《すあし》が伸びている光景は、パンツだけを身に着けた裸《はだか》でいる以上に卑猥《ひわい》だった。

「俺も知りたい。おまえ、昨夜、俺に何した？」

軀の芯《しん》まで凍《こお》り付くような冷たい目で詰問《きつもん》する香雨の姿を、迅は目を細めじっくり観賞しながら答える。

「単に昨夜、酔《よ》いつぶれたコウにベッドを提供してやっただけだ。送っていこうにも、コウの家など知らないからな。寝苦《ねぐる》しいだろうから服も脱《ぬ》がせてやった。親切だろう？」

香雨は佑斗と顔を見合わせた。

「親切じゃないだろ」

「そーだよアニキ。俺がセンセーの事好きって知ってんのに、なんでアニキのベッドに引っ張り込むんだよ。そういう時は俺の部屋に運んできてくれるべきだろ」

「大藪っ」

とんでもない事を言いだした佑斗に、香雨が思わず声を上げる。

迅が椅子《いす》の背にかけてあったシャツへと手を伸ばしながらさらりと言った。

「厭《いや》だね。俺もコウの事は気に入ってんだ」

見る間に佑斗の表情が悲愴《ひそう》なものへと変わっていった。

「ひでえ、アニキ……っ。なんで俺の好きな人取ろうとするんだよっ」

「好きになってしまったんだから仕方がないだろう」

しゃあしゃあと言い放つ様子は香雨の目にはいかにも嘘《うそ》くさく映るが、佑斗は気づかない。

「センセーもアニキの事が好きなのかよ」

いきなり矛先《ほこさき》を向けられ、香雨は即答《そくとう》した。

「いや。全然。それより俺の服はどこにあるんだ？」

「佑斗、洗濯乾燥機《せんたくかんそうき》の中にあるの持ってこい。もう仕上がってる筈だ」

白いシャツに袖《そで》を通しながら迅が言いつける。怒《おこ》っている割には素直に佑斗が出て行くと、香雨は改めて迅に問い質《ただ》した。

「――で、おまえ昨夜、俺をヤったのか？」

大真面目《おおまじめ》な香雨に迅が吹《ふ》き出す。

「あのなあ。掘《ほ》られてたらあんたが今、こんなに元気に動けている訳がないだろう」

「あ？　あー、そういや、そうか……」

香雨は改めて自分の躯を見下ろしてみた。痛い所はどこにもない。むしろ爽快《そうかい》な気分だ。昨夜はぐっすり眠《ねむ》れたらしい。

「誤解は解けたか、コウ」

涼《すず》しい顔で微笑《ほほえ》む迅を、香雨は冷ややかに睨《ね》めつけた。

「何勝手に呼び捨てにしてんだ。そう言えばおまえ、酔っているのをいい事に、俺にキスしただろ」

「なんだ、眠っていると思ったのに、気づいていたのか。別にそれくらいいいだろう？　眠り姫《ひめ》をここまで運んでくるのは大変だったんだ。駄賃《だちん》くらいくれてもいい」

香雨の頬《ほお》がひきつる。

「誰が姫だって？」

「コウに決まっている。眠っている時のおまえは本当に姫君《ひめぎみ》のように麗《うるわ》しかったぜ？」

あ、と気づいた時には、距離が詰《つ》まっていた。大きな掌《てのひら》が肩《かた》に添《そ》えられる。猫《ねこ》科の獣《けもの》のように音もなく忍《しの》び寄った男の唇《くちびる》がこめかみに押し当てられるのを感じた瞬間《しゅんかん》、香雨は裏拳《うらけん》を繰《く》り出した。

「——くそっ」

だがまたも迅の掌で遮《さえぎ》られ、歯噛《はが》みする。

迅が呆《あき》れ顔で頭を掻《か》いた。

「可愛《かわい》い顔してクソとか言うなよ」

「ナニしてんだよアニキ！　センセー、ほら、これ着て」

服を抱《かか》えてきた佑斗が二人の間に割り込み、引き剝《は》がす。渡《わた》されたまだほんのりあたたかい服を、香雨はそそくさと着込んだ。大藪家の兄弟は二人揃って遠慮《えんりょ》する様子すら見せず、じいっと香雨の着替《きが》えを凝視《ぎょうし》している。

「……おまえら、見てんなよ」

「あっそうだよなっ」

自分が失礼な事をしていると気がつき背を向けた佑斗とは反対に、迅は野性味のある顔立ちをいやらしく歪《ゆが》めた。

「そういう台詞《せりふ》を言われるとクるな」

「おまえな……」

香雨が蛇蝎《だかつ》を見るような目を迅に向ける。肩を竦《すく》めると、迅は部屋を横切り窓を開けた。

「まだ時刻は早いぞ。朝飯一緒《いっしょ》に食って行かないか、コウ」

先刻怒られたのに迅は香雨を愛称《あいしょう》で呼ぶのをやめる気はないようだ。

思うようにならない男を香雨は睨《にら》みつける。

「いや、帰る。帰って風呂《ふろ》入って、全身を洗い清めねーと」

そそくさと帰ろうとする香雨に、迅は苦み走った笑みを見せた。

「これに懲《こ》りたら、もうちょっと危機感を持って行動するんだな」

かあっと顔が熱くなる。迂闊《うかつ》だった自覚のある香雨は、唇を歪め、怒鳴《どな》った。

「余計なお世話だ！」

＋　＋　＋

香雨は美術室の椅子に腰掛《こしか》けたままぼんやり空を眺《なが》めていた。目の前に立てられたイーゼルの上にはスケッチブックが置かれている。開いたページに描《えが》かれているのは、美術室の窓から望む風景だ。

一度帰ってシャワーを浴び、学校近くのカフェでしっかり朝食をとってから出勤した後も香雨は気が立っていた。だがもちろん生徒の前でそんな素振《そぶ》りを見せたりはしない。淡々《たんたん》と職務をこなす。

だがいつもより口数が少なく、時々ぼんやり外を見つめる香雨の姿に、生徒たちは目を奪《うば》われていた。

沈《しず》んでいる先生も素敵《すてき》だよな、とささやき合う声を耳にしてしまい、香雨はうんざりする。

本当にアホじゃないのか、おまえらは。俺は男で、柔《やわ》らかい胸もヴァギナもないんだぞ。

だから空き時間に入ると、香雨は久しぶりにスケッチブックを持ち出した。描きかけの風景画に集中すれば気が晴れるんじゃないかと思ったのだ。

絵を描くのが香雨は好きだ。

学生時代はこれを生業《なりわい》にしたいと漠然《ばくぜん》と思っていたが、絵で食べていけるのなんてごく一握《ひとにぎ》りの人間だけ、そして香雨にそれだけの才能はなかった。

ありふれた話である。

だが夢を諦《あきら》め教師になってからも香雨の絵に対する情熱は変わらなかった。画材を手にすれば何もかも忘れて没頭《ぼっとう》することができる。

それなのに、今日に限って、どうにも気が乗らなかった。

道具を用意しただけで、絵筆を置く事もできないうちに終業のベルが鳴る。香雨は溜息《ためいき》をつき、何一つ進んでいないスケッチブックを閉じた。

のろのろと片付けていると、からりと美術室の扉《とびら》を開く音が響《ひび》く。

「センセー、話があるんだけど。今、いい？」

猫背《ねこぜ》気味に背中を丸め、ポケットに手を突《つ》っ込んだ佑斗が戸口に立っていた。思い詰めたような顔で香雨を見つめている。不良が凄《すご》んでいるような姿勢だが、香雨には拗《す》ねた子供が上目《うわめ》遣《づか》いにこちらを窺《うかが》っているようにしか見えない。

もうすぐ美術部の連中がやってくる。香雨は道具を持って立ち上がると、準備室へと佑斗を誘《さそ》った。

大きな窓があるのに準備室は薄暗《うすぐら》く、どこか侘《わび》しい。

香雨の後ろについて入った佑斗は後ろ手に扉を閉めると、長テーブルに道具を置こうとしている香雨に向かってまっすぐに突き進んでいった。嚙《か》みつく勢いでまくし立て始める。

「センセー、なんでアニキと飲みに行ったりなんかしてんだよ。アニキはダメだって俺、言ったよな？　俺の忠告、忘れちまった？　それともセンセーは、アニキみたいなおっさんが好みなのかよ」

あまりの勢いに、香雨は思わずのけぞった。

眉間《みけん》に深い皺《しわ》を寄せた佑斗の勢いは止まらない。逃《のが》すまいとばかりに、香雨の細い軀《からだ》を囲い込むように両手をつく。

「アニキなんてやめとけよ。俺の方が若いし、前途《ぜんと》有望だし、イイ男だぞ。それにさ、見ろよ」

佑斗は尻《しり》ポケットを探《さぐ》り、携帯《けいたい》電話を取り出した。手早く操作をし、香雨の鼻先に突きつける。そこには柔らかい雰囲気《ふんいき》の男性が映しだされていた。

「これ、アニキの彼氏の写真。アニキ、すげえメンクイなんだ」

佑斗がボタンを押すと写真が次々に替《か》わってゆく。全部違《ちが》う男性だったが、ユニセックスな雰囲気が共通していた。まるで美青年カタログのような写真の数々に香雨は素直《すなお》に感心する。

「すごいな。よくこれだけ綺麗《きれい》な男ばかり大勢集められたもんだ」

「わかっただろ、これでアニキがどんな男か」

鼻息荒《あら》く佑斗は主張するが、香雨はもともと迅にそういう意味での関心は持っていない。

「そうだな。ところでおまえのお兄さん、なんか格闘技《かくとうぎ》やってたのか？　やたら動きが良かったが」

「え？　ああ、学生の時にボクシングとかやってたらしいぜ。力試《だめ》しにプロテストも受けてみたっていうから、それなりに強かったんじゃねえかと思うけど」

香雨は納得《なっとく》し、頷《うなず》いた。

「そっか、ボクシングか。だからあんなにしっかりした軀してんだな……」

現役《げんえき》ではないからだろう、絞《しぼ》られていない軀にボクサー特有のストイックさはなかったが、二の腕《うで》にも腹にも綺麗に筋肉がついていた。ゆったりくつろいでいるようで隙《すき》のない身のこなしが野生の獣を思わせる。

迅の目線や仕草の一つ一つに強い雄《おす》の匂《にお》いが感じられた。

あれも、香雨がどうしても手に入れられなかったものの一つだ。

ぶつぶつと呟《つぶや》く香雨に、佑斗は鼻先がぶつかりそうな程《ほど》近くまで顔を寄せた。

「……センセー、もしかしてガタイのいい男が好みなのか？」

「ん？　ああ、そう。マッチョな男とか大好きだな」

素晴《すば》らしい肉体を持つアクションスターを思い浮《う》かべうっとりと宙を見つめる香雨に、佑斗はがくりと頭《こうべ》を垂れた。

「……センセーの趣味、濃《こ》すぎ……」

「それはさておき、おまえなに余計な心配してんだよ。俺、ちゃんと言ったよな？　おまえのお兄さんなんて好きじゃないって」

「言ったけどさあ、考えてたら心配になってきたんだよ。アニキ、やたらもてるし。センセー、アニキなんて好きじゃないっての本当だよな？　俺に嘘《うそ》ついてないよな？」

ぐいと佑斗の胸元《むなもと》を押し、香雨は近すぎる距離《きょり》を補正した。

「ついてないって！　大体な、俺はゲイじゃないんだ。そもそも男には興味がない。だから変な心配してこんな写真見せる必要なんかないんだよ」

「え」

佑斗がぱかんと口を開けた。心底驚《おどろ》いた顔でうめく。

「マジで⁉　だって六十人もの男から告白受けたんだろ？　それにこんなにエロい腰《こし》してんのにっ」

「おまえら兄弟は腰フェチなのか？」

香雨はにっこりと微笑《ほほえ》むと軽く膝蹴《ひざげ》りを入れた。ふらついた佑斗はそのまま壁際《かべぎわ》に置かれた汚《きたな》い椅子《いす》にへたり込む。

「えええー、センセーがノーマル……て事はもしかしなくとも、俺の告白なんて気持ち悪い以外のなにものでもなかった……？」

大人びた顔立ちをへにゃりと歪《ゆが》めた佑斗にその通りと言える程香雨は鬼《おに》ではなかった。

「いやそれはない。そりゃこの学校に来た当初はびっくりしたけどもう慣れちまったし、そういうのもありなんだろうなと思ってる。受け入れる事はできないが、佑斗の気持ちは嬉《うれ》しかったよ」

佑斗の目つきが変わる。考え込むような表情で、厚みのある肉感的な唇《くちびる》を撫《な》でる。

「嫌悪感《けんおかん》は、ないのか……。ならさあ、試しに俺と付き合ってみねえ？　女の子じゃなきゃ駄《だ》目《め》なんて、単なる思い込みかもしんないじゃん。本当はセンセー、男の方があってんのかも」

厚かましい見解に香雨は吹《ふ》き出した。大藪家の兄弟はこういうしたたかな所がよく似ている。

「なんでそうなるんだよ。女の子じゃなきゃ駄目っていう考え方を変える必要なんて俺は別に感じないぞ。大体生徒とは付き合わないって言ったろう？」

「あと半年も経《た》てば生徒じゃなくなる」

そう言った佑斗の目の光がやけに強い。ひやりとするものを感じつつも、香雨はふざけた素振りで求愛をかわした。

「でも今はまだ生徒だ。それに男と付き合うなら、精神的にも肉体的にも俺より強い奴《やつ》でないとなー」

「え、俺強いよ。センセー、試してみる？」

佑斗が勢いよく立ち上がる。その目線は香雨よりわずかに高い。骨っぽい体格も香雨より逞《たくま》しいし、ウェイトもありそうだと香雨は踏《ふ》む。

だが負ける気はしない。

「じゃあ軽く、な」

そう言うと同時に香雨は一歩踏み込んだ。滑《すべ》るような足の運びで佑斗の懐《ふところ》に入り込む。

とっさに捕《つか》まえようとした佑斗の腕を軽く叩《はた》いて退《しりぞ》けると、ぱん、と乾《かわ》いた音がした。

次の瞬間《しゅんかん》には繊手《せんしゅ》が佑斗の胸《むな》ぐらを摑《つか》んでいた。足払《あしばら》いをかけられた佑斗の軀ががくんと沈《しず》む。

香雨の腕一本にぶらさげられ無様にひっくり返るのを免《まぬか》れた佑斗は、あっけに取られた。

「なんだ……今の」

無害にすら見えるなめらかな動きに、佑斗は何一つ対処できていない。

香雨の薄《うす》い唇が弓なりにたわむ。

そう——こうでなきゃ。

鬱《ふさ》いでいた気が、少し、晴れる。

残念でした、という呟きと共にシャツを放すと、佑斗はそのままその場に座り込んでしまった。低い位置にある頭を、香雨は上機嫌《じょうきげん》で掻《か》き回す。

俺には力がある。ちゃんと全《すべ》てをコントロールできている。

——できなかったのはあの男だけ。

＋　＋　＋

週末、ショッピングモールでのんびりと買い物を楽しんでいた香雨は、ポケットの中で携帯《けいたい》が振動《しんどう》しているのに気がつき足を止めた。メールの着信を知らせるＬＥＤが点滅《てんめつ》している。

携帯を開き迅からのメールである事を確認《かくにん》すると、香雨は本文を確認しもせず携帯をしまいこんだ。

どうせまたくだらない誘《さそ》いだ。香雨を不健全な道に堕《お》とそうとする罠《わな》だ。

酔《よ》って泊《と》まった夜に携帯のプロフィールをチェックされてしまったらしい。迅はあれから頻々《ひんぴん》とメールを寄越《よこ》す。変にマメな男である。

どこかで休憩《きゅうけい》しつつ着信拒否《きょひ》の設定をしようと決め、香雨はあたりを見回した。

「あれ、槇先生？」

不意に名前を呼ばれ、香雨は動きを止める。

「……加賀山《かがやま》？」

雑踏《ざっとう》を横切り若い男が近づいてくる。それが誰《だれ》だかわかると、香雨は破顔した。

加賀山は二年前の卒業生だった。教師になって初めて見送った生徒の一人である。

「お久しぶりです」

「おー、元気だったか？」

香雨は眩《まぶ》しげに目を細めた。

たった二年見ない間に、子供としか思えなかった生徒は見違《みちが》える程大人びてしまっていた。革《かわ》のジャケットに気取った中折《なかお》れ帽《ぼう》を合わせ、微笑む顔がこなれている。

「見ての通りです。先生は？」

「俺は相変わらずだ。あそこにいるのは友達か？」

通路の反対側に数人の男女が固まって香雨と加賀山を見ていた。くすくす笑いながら何か喋《しゃべ》っている。

「ええ、まあ。先生は一人で買い物ですか？　よかったら、この後飯食いに行きませんか？　俺たち、もう用事も済んで解散する所なんです」

「あ？　そうなのか？」

確かに腹が減ってきた所だった。

外はすっかり暗くなり、ショッピングモールの中庭では電球で飾《かざ》られた木々が光を放っている。

「じゃあ、行くか」

「やった！　じゃ、ちょっと待っててくださいね、あいつらに挨拶《あいさつ》してきますから」

加賀山が幅《はば》の広い通路を横切り仲間の方へと駆《か》けていく。ちょっと声をかけたらすぐ戻《もど》って来るのだろうと香雨は思っていたのだが、仲間たちは怪訝《けげん》そうな顔をした後、口々に文句を言い始めた。何か問題でもあるのだろうかと香雨が通路を渡《わた》りかけた時、加賀山が強引《ごういん》に仲間を振《ふ》りきり戻ってくる。

「すみません、お待たせして」

「構わないが……いいのか？　お友達たち。何か言い合ってなかったか？」

「大丈夫《だいじょうぶ》です。別れの挨拶をしていただけですから」

そっけなくそう言うと、加賀山はにこりと微笑んだ。

「そんな事より先生、和食でいいですか？　この近くに静かでとても落ち着ける店があるんです」

肘《ひじ》を摑む手に、香雨は僅《わず》かに眉《まゆ》を顰《ひそ》めた。迅のせいか、香雨は最近男に触《さわ》られる事に過敏《かびん》になっている。

モールの中にいくらでも飲食店があるのに、加賀山は香雨を外へと案内した。駅前の商店街から一本外れた通りにある、小汚《こぎたな》い居酒屋ののれんをくぐる。まだ客が一人もいない店内を眺《なが》め、香雨は味には期待できなさそうだと溜息《ためいき》をついた。

「あれ先輩《せんぱい》いらっしゃい」

バンダナで頭を包んだバイトらしき若者がカウンターの中から声を上げる。加賀山は偉《えら》そうに頷《うなず》くと、店の奥にある人一人がようやく通れる幅の階段を示した。

「先に上がっていてください」

「ああ」

ぎしぎしと不安な音を立てる階段の先には座敷席《ざしきせき》が誂《あつら》えられていた。畳《たたみ》は擦《す》り切れ、テーブルの上に積まれている灰皿は歪んでいる。

だがまあ金のない学生が入り浸《びた》る店なんてこんなものだと懐《なつ》かしく思いながら、香雨は靴《くつ》を脱《ぬ》ぎ座敷に上がった。部屋の奥に積んであった座布団《ざぶとん》を二つ座卓《ざたく》の前に並べ、加賀山を待つ。

やがて盆《ぼん》を持った加賀山が階段から姿を現した。

「お待たせしました。最初はビールでいいですよね」

瓶《びん》ビールとコップが二つ、それから枝豆が盆の上に載《の》っている。テーブルに盆を下ろすと、加賀山は破《やぶ》れた襖《ふすま》を閉めた。

人気《ひとけ》のない空間で二人差し向かい、ビールで乾杯《かんぱい》する。午後いっぱい歩き回って喉《のど》が渇《かわ》いていた香雨はコップになみなみと注がれたビールを一気に飲み干した。

すかさず加賀山がビールを注ぎ足す。その目がどんな一瞬《いっしゅん》も見逃《みのが》すまいとばかりに自分を追っている事に、香雨は気づかない。

「先生とビールを飲めるなんて、夢みたいだ」

加賀山がうっとりと呟《つぶや》く。大袈裟《おおげさ》な奴《やつ》だなと香雨が笑う。

「大人になってよかったな。加賀山はこの店によく来るのか？」

「ええ、後輩《こうはい》がバイトしているし、安いので。それにいくらでも長居できるから、たまり場みたいになっているんです」

「ああ、学生ん時は安いってのが最重要事項《じこう》だからなー」

後輩らしきバイトが焼き鳥を盛った皿を運んでくる。少し焦《こ》げてはいるが、思いの外おいしい。レバーに歯を立てながら香雨は少し照れたように笑った。

「さっき声かけられた時、あんまり加賀山が格好よくなっていたんで、見違えたよ。大学生活はどうだ？　彼女とか、できたか？」

「まさか」

加賀山の視線が初めて揺《ゆ》らいだ。

「先生こそどうなんですか？　相変わらずもてているんですか？」

「はあ？　男子校なのに、誰にもてるって言うんだよ」

「……忘れちゃったんですか？　先生」

あぐらをかいていた加賀山が居住まいを正した。

「俺が先生に好きって言った事。あの時先生、赴任《ふにん》してまだ一年も経《た》っていなかったのに、俺は二十三番目だって言ってたじゃないですか」

香雨は焼き鳥の串《くし》を嚙《か》み締めた。

——まずい。最悪だ。

言われるまで、すっかり忘れていた。自分がかつて加賀山に告白された事があったという事を。

男の癖《くせ》に男に告白するなんて、男しかいない環境《かんきょう》にいるが故《ゆえ》の気の迷いだろう、大学に入って女の子と出会う機会ができれば自分への気持ちなど忘れるに違《ちが》いない、そう香雨は軽く考えていた。なのに、加賀山の目の中には長い年月を経て凝縮《ぎょうしゅく》された情念が揺らめいている。

「生徒とは付き合えないって先生言いましたけど、俺はもう、先生の生徒じゃない。何の障害もありませんよね？　好きです、先生」

「ちょっと——待て」

加賀山が立ち上がる。香雨も立とうとして、ふらりとよろめいた。なんでだ？　と考え、香雨は青ざめる。

しまった——空《す》きっ腹に流し込んだアルコールのせいだ！

「ばっか、そんなの気の迷いだ。今日たまたま会うまでおまえ、俺の事なんて忘れて大学生活満喫《まんきつ》していたんだろ？」

「それはだって、知っていたからです。先生が、告白してきた皆《みんな》に同じ事言ってたって事を。先生には俺の気持ちなんて迷惑《めいわく》以外のなにものでもなかったんでしょう？　だから普通《ふつう》に大学で彼女作ろうって、先生の事なんて忘れようって思ってた。でも、だめだった。どの女の子の事も好きだと思えない。おまけに久しぶりに先生見たら、あっという間にあの頃《ころ》の気持ちが蘇《よみがえ》ってきて――」

香雨は後退《あとずさ》った。加賀山が座卓を回り込み近づいてくる。

「どうして逃《に》げるんですか、先生」

「おまえこそ何する気だ」

伸《の》びてきた手を、香雨は後ろに飛び退《の》いて避《よ》けた。

ふわふわ、する。

酔《よ》いのせいで足下《あしもと》が頼《たよ》りない。

とにかく人がいる場所に逃げようと、香雨は座敷から出ようとした。だが焦《あせ》るあまり、脱いで畳《たた》んであった自分の上着に足を取られてしまう。

素面《しらふ》の時には考えられないミスに香雨は愕然《がくぜん》とした。

ふわりと浮《う》いた軀がそのまま襖につっこむ。派手な音を立て襖が倒《たお》れ、破れ襖が更《さら》に無惨《むざん》な姿になった。

「って……」

「先生、たったあれだけのビールで足にキてんの？」

加賀山は跳《は》ね起きようともがく香雨のシャツを掴《つか》み、座敷の中へと引き戻した。抵抗《ていこう》しようとする手首をとらえ、擦り切れた畳の上に押しつける。

完全に動きを封《ふう》じられ、香雨は眉《まゆ》を顰《ひそ》めた。

これって、ヤバくないか？

「加賀山、そこどけ」

「やです。はは、怖《こわ》いんですか、先生。なんかかわいーってゆーか……そそるなあ……」

「はあ？」

近づいてくる加賀山の顔から逃《のが》れようと、香雨は身をよじった。だが両手首を押さえつける加賀山の手は緩《ゆる》まない。

顔を背《そむ》けると、首筋に柔《やわ》らかいものが触《ふ》れる。

「…………っ」

腱《けん》にそって舐《な》めあげられ、軀が竦《すく》んだ。

気持ち、悪い……。

おまけにごり、と何か硬《かた》いモノが当たっている。

加賀山の、モノだ。

加賀山が香雨の軀の上で腰《こし》を揺らす。服越《ご》しとはいえ性器同士を擦り合わされ、香雨は危機感を覚えた。

「誰《だれ》か……っ」

「無駄《むだ》だよ、先生。後輩には俺が呼ばない限り絶対に上がってくるなって言ってあるんだ。この店、人気ないからさ、他《ほか》の客が座敷に上がってくる事もない」

これは、いよいよもってヤバい。

ざわりと鳥肌《とりはだ》が立つ。

加賀山は香雨のシャツを噛んでめくり上げようとしたがうまくできず、苛立《いらだ》って獣《けもの》のように歯を立てた。着古したシャツが音を立て裂《さ》ける。

ひんやりとした空気に肌《はだ》を撫《な》でられ、香雨は身震《みぶる》いした。

俺、このままヤられちまうんだろうか。

まさかそんな事がある筈《はず》ないと思うが、現に香雨は加賀山から逃れられずにいる。

急に押し寄せてきた恐怖に足をすくわれ、香雨はもがいた。

どうして無防備に酒なんか飲んでしまったんだろう。

危機感を持てと忠告してきた男の顔を思い出す。あの言葉をもっと真摯《しんし》に受け止めるべきだった。

いや最初から、何もかもが甘かったのだ。

今になって香雨は反省する。

一時的な熱病だと、男子校を卒業すれば治るのだと思って生徒たちの告白を適当にしのいできたのも誤りだった。確かにそういう子もいるだろうが、全部ではない。

佑斗も卒業したらこんな風に迫《せま》ってくるのかもしれないなと香雨は思う。

これは彼らの気持ちを軽く考えた、罰《ばつ》だ——。

その時だった。階段を駆《か》け上がってくる足音が聞こえてきた。加賀山が眉を顰め顔を上げる。

「おい、来るなって言っただろ——」

「コウ！」

よく通る低い声に、香雨はひくりと肩《かた》を震《ふる》わせた。躯《からだ》をよじりようやく見えた階段の上がり口に、迅がいた。

「大藪、兄——」

呆然《ぼうぜん》と呟く香雨の姿を認めた迅の顔が歪《ゆが》む。

「くっそ、なんて事してんだ、このくそガキ！」

まるで、猛獣《もうじゅう》が飛び込んできたようだった。迅は獰猛《どうもう》な唸《うな》り声を上げ、加賀山に躍《おど》りかかった。

加賀山が慌《あわ》てて躯を起こす。

香雨は人形のように横たわったまま、迅の膝蹴《ひざげ》りを食《く》らう加賀山を眺《なが》めた。

加賀山が軀の上から吹《ふ》っ飛んでゆき——ずしいんと重い音が響《ひび》いた。建物が揺《ゆ》れ、天井《てんじょう》から埃《ほこり》が落ちてくる。

「大丈夫《だいじょうぶ》か、コウ！」

逞《たくま》しい腕《うで》に抱《だ》き起こされ、香雨は唇《くちびる》を震わせた。

「なんで——ここに——」

「ショッピングモールであんたの姿を見かけたんでな。後を尾《つ》けてきた」

「はあ？」

つまり、ストーキングしていたのか？

「コウがいくらメールしても無視するからだ。そのガキがあんたの何なのかってのも気になったしな。ああ、怒《おこ》るなよ。俺がいてよかったろう？」

無様に転がっていた加賀山が起き上がり、迅を睨《にら》む。逞しい胸に大人しく抱《かか》え込まれた香雨とささやきあう様子がいかにも睦《むつ》まじげに見えたのだろう、加賀山は憤然《ふんぜん》と立ち上がった。かかっていこうかいくまいか悩《なや》んでいる気配に、迅がにやりと笑《え》む。

「やるか、このガキ」

のそりと立ち上がろうとする迅のシャツの裾《すそ》を、細い指が引いた。

「やりすぎんなよ。おまえ、ボクシングのプロテスト受けた事があるんだろう？」

それがどんなものか香雨はよく知らない。プロになろうとするテストを受けたなら強いんじゃないかというぼんやりとした思いこみだけで話している。加賀山も同じように考えたのだろう、あからさまに腰が引けた。

「くそ……っ」

実にあっけない幕切れだった。

加賀山が身を翻《ひるがえ》し、ばたばたと階段を駆け下りてゆく。足音が聞こえなくなると、香雨はようやく息をついた。迅も緊張《きんちょう》を解く。

「ひどい有様だな」

座卓《ざたく》の上では瓶《びん》ビールが倒れていた。黄金色の液体が畳《たたみ》の上に滴《したた》り落ち、香雨のロングパーカーを濡《ぬ》らしている。

迅が自分の上着を脱《ぬ》ぎ、香雨に着せかけた。

迅は香雨より十センチ近く長身で体格もいい。迅が貸したカーディガンは香雨には大きすぎ、手の甲《こう》をほとんど覆《おお》ってしまう。指先しか出ない袖《そで》を弄《いじ》りながら香雨が見上げると、迅は微妙《びみょう》に視線を逸《そ》らせ、ごくりと唾《つば》を飲み込んだ。何気なく背を向け、畳の上に投げてあった香雨の荷物を拾い上げる。

「とりあえず、来い。近くに俺の事務所がある。多少は着替《きが》えも置いてあるから貸してやる」

「事務所ってなんの？」

「ああ、俺は司法書士の資格を持ってんだ。独立して自分で事務所を開いている」

「あんたが司法書士？」

思わず聞き返すと、迅は情けなさそうに眉尻《まゆじり》を下げた。

「おいおい疑うなよ」

「だってそういうイメージじゃないだろ……」

階下に下りると、もう加賀山の姿はなかった。バイトの後輩《こうはい》がむっつりとカウンター席に座りこみ、赤く腫《は》れた頰《ほお》を保冷剤《ほれいざい》で冷やしている。下りてきた二人を見るとびくりと肩を震わせたが、迅は誰もいないかのようにバイトを黙殺《もくさつ》し、店を出た。襟元《えりもと》がY字に開いたカーディガンでは軀を隠《かく》しきれない。香雨はあられもない姿のまま、足早に夜の街を歩く。

迅の事務所は本当にすぐ近くにあった。小さいが小綺麗《こぎれい》なビルの七階に上ると、大藪司法書士事務所と書かれたプレートが目に付く。

本当に迅は司法書士であるらしい。しげしげとプレートを見つめる香雨の前で鍵《かぎ》を開けると、迅は大きく扉《とびら》を開いた。

入ってすぐ曇《くも》りガラスのパーティションで仕切られた応接スペースがあり、その奥に木製の事務机が並んでいる。迅の席なのだろう、窓際《まどぎわ》の一際《ひときわ》大きな机の横にはやはり木製の重厚《じゅうこう》な本棚《だな》が据《す》えられ、小難しい法律書が並べられていた。お飾《かざ》りではない証拠《しょうこ》に一冊が卓上《たくじょう》に広げられている。

「座れ」

応接スペースのソファに香雨を座らせ荷物を置くと、迅も隣《となり》に腰を下ろした。

「なに……？」

長い腕が伸《の》びてくる。すこし高めの体温に包み込まれ、香雨は目を瞬《しばた》かせた。

――あたたかい。

張り詰《つ》めていたものがふっと緩《ゆる》む。

うっかり身をゆだねそうになり、香雨は狼狽《ろうばい》した。

男に抱《だ》き竦《すく》められてほっとするなんて、おかしい。

「いきなり何すんだよ」

香雨は身を振《ふ》りほどこうとする。

だが迅が離《はな》さない。香雨を抱えなおし、いらだたしげに吠《ほ》える。

「いいからしばらくじっとしていろ！」

己《おのれ》の躯がまるで迅を怖《こわ》がっているかのようにひくりと跳《は》ねたのを感じ、香雨は唇を嚙《か》んだ。

迅の掌《てのひら》がなだめるように背中をさする。それ以上抵抗《ていこう》する気力もなく、香雨は躯の力を抜《ぬ》き、迅に寄りかかった。

躯を密着させると迅の躯の逞しさがよくわかる。胸板《むないた》が厚く、体温が高い。そろそろと手を持ち上げ野生の獣《けもの》のように引き締《し》まった背に触《ふ》れてみると、心臓の鼓動《こどう》が指先に伝わってくる。

ふと香雨は首を傾《かし》げると、更《さら》に手を持ち上げ迅の肩越《かたご》しに見つめた。

震えている。

そう意識した途端《とたん》、爆発《ばくはつ》的な勢いで記憶《きおく》が蘇《よみがえ》ってきた。

なめくじのように肌《はだ》を這《は》う舌の感触《かんしょく》。人の気配のない座敷席《ざしきせき》。服越《ご》しに擦《こす》りつけられた加賀山の欲望《よくぼう》――。

加賀山が知らない人のように思えた。知性などない、獣のように。

掌を握《にぎ》り込み、香雨は迅の肩に鼻梁《びりょう》を擦り寄せる。

怖かった。すごく、怖かった。本当に犯《おか》されるかもしれないと、初めて思った。

でも、もう大丈夫。

すぐ近くに迅の気配がある。

「は――――っ」

不意に迅が深く息を吐《は》き、香雨の背をぽんぽんと叩《たた》いた。

「ちょっと……落ち着いてきたぞ……」

黒い艶《つや》やかな髪《かみ》の間にまた鼻先が埋《うず》められる。

「なんだよ」

尖《とが》った声に鷹揚《おうよう》な笑みを浮《う》かべると、迅は背中を丸めた。香雨と額と額を合わせ、目の中を覗き込む。

「あんたが肌も露《あら》わに押し倒《たお》されているのを見た時、本当に心臓が止まるかと思ったぜ」

ひどく真剣《しんけん》な眼差《まなざ》しに心臓が跳ねる。きまり悪くて、香雨は目を逸らせた。

「危機感を持てと言っただろう？　酒に弱いのに、その気のある奴《やつ》の前で飲むなんて迂闊《うかつ》すぎるぞ」

香雨はもぞもぞと長すぎる袖を握りしめた。

「しょうがないだろ。忘れてたんだ……」

傷ついたように目を伏《ふ》せた香雨の頬《たの》を迅が撫《な》でる。

「責めるつもりはないが、頼むから、二度とこんな目に遭《あ》わないよう気をつけてくれ。でないと俺の心臓が保《も》たん」

香雨は首を傾げた。

「なんでだ？」

「――――ん？」

「なんで俺になんかあると、おまえの心臓が保たないんだ？」

迅の軀《からだ》がゆっくりと傾ぐ。背凭《せもた》れに肘《ひじ》を乗せ拳《こぶし》で頭を支えると、迅は真摯《しんし》に告げた。

「あんたが好きだからだ。俺はもう、大切な人が傷つく姿を見たくないんだ」

――好き？

どくん、と跳ねた心臓の上を香雨は押さえた。平静を装い、眉《まゆ》を上げる。

「過去に傷ついた人がいるのか？」

香雨の問いに、迅は苦しげに眉を寄せた。

「――佑斗は小さい頃《ころ》躯が弱かったって前話したよな？」

「ああ」

「初めからそうだった訳じゃないんだ」

迅と佑斗は十一歳年が離《はな》れている。両親共に多忙《たぼう》である為《ため》、高校生になった迅はしばしば佑斗を幼稚園《ようちえん》へと迎《むか》えに行かされた。

迅と佑斗が帰るまで家は無人だ。一軒家《いっけんや》で、施錠《せじょう》には気をつけていたがセキュリティなどは設置されていない。

ある日迅が佑斗の手を引き家に帰ると、家の中に人の気配があった。

――母さん？　なんだよ早く帰って来られるんなら、佑斗のお迎え行ってくれればよかったのに――。

のどかにそんな事を言いながらリビングに入り、迅は立ち竦んだ。そこにいたのは母ではなく、マスクで顔を隠した男だった。部屋は荒《あ》らされ、引き出しという引き出しが開けられている。

その頃《ころ》の迅はまだクラスでも一番のチビで、線も細かった。簡単に御《ぎょ》せると思ったのだろう、男は大股《おおまた》に迅に近寄ってきた。手に、ナイフを持って。

——おい、金は何処《どこ》にあるっ。

——どろ、ぼう……？

佑斗が小さな声で呟《つぶや》いた事だけを、迅は鮮明《せんめい》に覚えている。

「俺は金のありかを知らず——佑斗の目の前で泥棒《どろぼう》に刺《さ》された。別に大した傷じゃない、ちょっと腕《うで》を切っただけだ。だが幼かった佑斗は、血を見て酷《ひど》いショックを受けた。口も利《き》けなくなって、過呼吸を、起こして——」

その時の佑斗の様子を再現するかのように、迅は呼吸をひきつらせた。

「メンタルが肉体にまで影響《えいきょう》を及《およ》ぼすってのは本当なんだぜ。それ以来佑斗はしょっちゅう腹を壊《こわ》すようになった。すぐ熱を出して、風邪《かぜ》を引いて、夜は悪夢に魘《うな》される。脅《おび》えたような青白い顔をしている弟に何もしてやれないのが口惜《くや》しかった。——もう二度とあんな思いはしたくないと思った」

節が潰《つぶ》れ変形した迅の拳がきつく握り締められる。

「もしかして、ボクシングやっていたのって……」

「——俺に力があればあんな事にはならなかったんだ」

この男が強いのは、弟を守るためだったのか。

「俺にとってはコウも佑斗と同じだ。大事だし、傷つくと胸が痛む」

慈《いつく》しむような眼差しに射貫《いぬ》かれ、香雨は破れたシャツの胸元《むなもと》を掴《つか》んだ。

くっそ、どうして俺にそんなイイ話を聞かせるんだよ。

香雨は知っている。作り込まれた肉体も、研《と》ぎ澄《す》まされた反射神経も、一朝一夕に手に入れられるものではない。この男は延々と地道な鍛錬《たんれん》を重ねた末、望む力を手に入れたのだ。

まずい——胸が、熱い。おまけに、ほだされてしまいそうな自分が怖い。

こいつは——男なのに。

動揺《どうよう》した香雨は、早口に事実を再確認《さいかくにん》しようとした。

「わかった。おまえはすごく弟が大事なんだな。俺にちょっかいだすのも弟の為なんだろ？弟が俺と変な仲にならないように、躯を張って守ろうとしてるんだ。わかっているから、好きとか大切とか言うのはやめてくれ。俺はおまえともおまえの弟ともどうこうなる気はないんだから」

迅が、瞬《また》いた。

「——そんな風に思っていたのか？」

それまで見せた事のない柔《やわ》らかな笑《え》みを浮かべる迅を、香雨は空恐《そらおそ》ろしいような気持ちで見返した。

迅は少し躯を回転させると、長い足の片方をソファに上げた。浅く腰《こし》かけていた香雨の躯を足で挟《はさ》み込み、正面から見つめる。

「なに……？」

「コウ、俺は、二年以上前からずっとあんたに惚《ほ》れていた」

「え――？」

膝《ひざ》の上で握りしめていた手を取られ、香雨は狼狽《うろた》えた。袖から覗《のぞ》く細い指先に、迅がそっと唇《くちびる》を押しつける。

「佑斗の入学式の日だ。教員席に俺の好みを具現したような男がいるのにびっくりして――それから俺は入学式そっちのけであんたを見ていた」

初めて教師として出席した入学式。そんな以前からこの男は自分の事を見ていたのだと知り、香雨の胸はざわめいた。

「俺なんかより佑斗見てやれよ」

なんとか絞《しぼ》り出した憎《にく》まれ口に、迅が穏《おだ》やかに微笑《ほほえ》む。

「それから帰り際《ぎわ》、佑斗を迎えに行くと、あんたが校門のあたりにいて生徒たちと話していた。可愛《かわい》いのに口が悪くてびっくりしたな。でもそのギャップに妙《みょう》に気がそそられて」

迅が指先を甘く噛《か》んだ。

「あんたの事は何でも知ってる。佑斗が目をきらきらさせて、へたくそな絵を褒《ほ》めてくれただとか、くだらない相談を真剣に聞いてくれたとか、全部話してくれたからな。あの頃俺たちは親が海外に行ってからうまく家事が回らなくて、兄弟喧嘩《きょうだいげんか》ばかりしていた。俺も仕事でいっぱいいっぱいで自分でも嫌《いや》になる程《ほど》カリカリしていて、あいつに優《やさ》しくしてやれなかった。あんたが構ってくれなかったら今頃《いまごろ》佑斗はグレていたかもしれない。あの頃の俺たちは、あんたのおかげで繋《つな》がっていられたんだ」

じりじりと距離《きょり》が近づく。

いつの間にか迅の両腕《りょううで》はしっかり香雨の腰に回されていた。さりげなく、だが有無《うむ》を言わさぬ力で引き寄せられ、香雨の右半身はすっかり迅の躯に密着している。

「俺は別に何もしてないし」

香雨は居心地《いごこち》悪そうに身じろいだ。迅が香雨のうなじに顔を埋《う》めくつくつ笑う。いつもなら容赦《ようしゃ》なくひっぺがせるのになぜか躊躇《ためら》われ、香雨は身を硬《かた》くして迅の体温を感じていた。

――ちょっとこれは、本格的にヤバい。

「俺も佑斗もそう思っちゃいない。佑斗がちゃんと学校に通い続け、推薦《すいせん》を受けられる成績を保てたのはあんたの存在があったからだ。おかげで俺たちは、兄弟揃《そろ》ってあんたに夢中になっちまった」

迅はひどく優しい目で弟について語る。おまけにすぐ目の前にある迅の顔は、同性の目から見ても男らしく整っていた。

意志の強そうな眼差《まなざ》し。日曜日だから手入れを怠《おこた》ったのだろう、伸《の》びたひげが顎《あご》をまだらに覆《おお》っている。佑斗と同じ厚めの唇が妙にいやらしい。

「佑斗は美術部に入ったが、本当は絵になんか興味なかったんだぜ。コウが顧問《こもん》をしていたから入部したんだ。格好つけて静物画に挑戦《ちょうせん》したものの自分でもうんざりするくらいへったくそで凹《へこ》んでいたら、高校生の癖《くせ》にうまい絵描《か》こうとすんなってコウに笑われたってあいつ言ってたな。人の目なんか気にしないで自分の快感を追えって言われたって」

「あいつそんな事までおまえに話してんのかよ」

扱《あつか》いにくい油絵の具ではなく、発色のいい透明水彩《とうめいすいさい》絵の具を与《あた》えてみると、つまらなそうだった佑斗の目の色が変わった。

——白いスケッチブックに好きな色を載《の》せていくのは楽しいだろ？

佑斗の作品には、鮮《あざ》やかな青や緑が躍《おど》っている。

香雨は生徒によって言う事を変える。自分の書きたい絵がはっきりしている生徒には技術的なアドバイスをするが、そうでなければ子供のように画材で遊ばせる。

——自分が気持ちよくなれる絵を描けよ。

画家を目指している訳ではないのだ。デッサンがどうの、遠近がおかしいのとうるさい事を言って苦痛を与える必要はない。楽しんで描けば集中力もあがる。夢中になって描き上げた絵には技術がどうであろうと何かがこもる。力が備わる。

香雨にとって、絵とはそういうものだった。自分を癒《いや》し慰《なぐさ》めてくれるもの。だから、大成しなかったのかもしれない。

「あんたはその辺に溢《あふ》れているつまらない奴《やつ》らとは全然違《ちが》う。知れば知る程欲しくなる——」

欲望《よくぼう》に濡《ぬ》れた声に、香雨ははっとして目を上げた。

野獣《やじゅう》のような目をした迅が舌舐《したな》めずりしている――。

どきん、と心臓が跳《は》ね、肌《はだ》の下がざわめいた。

――いけない。

考えるより先に軀《からだ》が動く。

右腕《みぎうで》をつっぱり迅の軀を押しのけようとしながら、左手で頬《ほお》を張ろうとする。

「おっと」

何気なく翳《かざ》された腕に攻撃《こうげき》を阻《はば》まれ、香雨は唇を噛んだ。

アルコールはもう抜《ぬ》けたが、加賀山に襲《おそ》われた時より事態は深刻だ。

腰に回された迅の腕は緩《ゆる》まない。離《はな》れるどころか、密着度があがっている。

「ちょ……っ、離れろって……っ」

「じっとしていろ。少し、その――慰めてやるだけだから」

「慰めるって何だよ！　うまい事言っててめーも俺をゴーカンする気じゃねーだろーなっ」

「しない」

警戒《けいかい》する香雨の髪《かみ》を、迅の指が優しく掻《か》き上げる。

「コウの意思を無視して強姦《ごうかん》なんて、絶対しない」

今度は額にくちづけられ、香雨の瞳《ひとみ》が揺《ゆ》れた。

「嘘《うそ》だ……」

抵抗《ていこう》が、できない。

「嘘じゃないぞ。俺はコウとちゃんと恋人《こいびと》になりたいんだ。必要なら試験を受けてもいい」

「試験……？」

不思議そうに首を捻《ひね》った香雨に、迅はにいと笑ってみせた。

「あんた、自分より強い男ならＯＫなんだろ？」

「え？……あ！　佑斗だな、おまえにそんな事教えたのは……っ。別にＯＫって訳じゃないぞ……っ」

動揺する香雨に構わず、迅は勝手に話を進める。

「佑斗と違って俺は強いぜ？」

手が放れる。

拘束《こうそく》を解かれ、香雨は素早《すばや》くソファから下りると距離を取った。

のっそりと立ち上がった迅が、両手を左右に広げ、構える。

獰猛《どうもう》な獣《けもの》のような目の光に、腰骨《こしぼね》のあたりから厭《いや》な震《ふる》えが駆《か》け上がってきた。

「準備はいいか？」

「待てよっ、俺は了承《りょうしょう》した訳じゃ――」

無造作に手が伸ばされる。

——最後まで往生際悪く逃《に》げようとしたのは、多分負けるとわかっていたからだ。

しばらく後《のち》、香雨はソファの上に連れ戻《もど》され、荒《あら》い息をついていた。ほんのわずかの間に事務所の中は滅茶苦茶《めちゃくちゃ》になっていた。事務机はひっくり返り、書類や本が床《ゆか》に散乱している。

香雨は力の限り抵抗したものの、五分と保《も》たず迅に捕《と》らえられ、荷物のようにソファへと運ばれた。

「やめろ……馬鹿《ばか》っ」

往生際悪く暴れる香雨に、迅は穏やかなのにひどく怖《こわ》い笑みを向けた。

「しーっ。大丈夫《だいじょうぶ》。ちょっと触《さわ》るだけだ。怖い事なんて何もない」

「おまえのその笑顔がまず怖いんだよ！」

「まずはキスだ」

床に膝立ちになった迅が、香雨の顎のラインを撫《な》でる。ごく穏やかな接触《せっしょく》に、ちりちりと肌が粟立《あわだ》った。

抵抗は、無駄《むだ》。

本気になったこの男には勝てないのだと、香雨はもう軀で知っている。

絶望的な状況《じょうきょう》なのに、香雨の気分は奇妙《きみょう》に高揚《こうよう》していた。

こいつ——本当に、強い。

多分、動物好きの子供がとびきり強くて美しい虎《とら》にキスを迫《せま》られたらきっとこんな気分になるのだろう。怖いし、危険だとわかっているのに、その圧倒《あっとう》的な強さに魅《み》せられずにはいられない。

両手をソファの座面に突《つ》き、迅が伸び上がる。逃げ場をなくし身を縮こまらせている香雨に軽く接吻《せっぷん》する。

「んっ……」

触《ふ》れるだけの、くちづけ。

軽い味見が済むと迅は本格的に味わおうと、香雨の脚《あし》の間に膝《ひざ》を突きソファに乗り上げた。びくっとして膝を引き寄せた香雨の顎を持ち上げ、今度は深く唇《くちびる》を重ねる。

「んん――――っ」

舌が、入ってくる。

上顎《うわあご》の裏を我が物顔で舐《な》められ、香雨は躯を震わせた。香雨はもちろん男とキスした経験などない。

男とのキスは、女の子とするのとは全然違った。おずおずと反応を窺《うかが》う慎《つつ》ましさなんて全くないし、後頭部がソファの背に擦《こす》り付けられる程《ほど》ぐいぐい押してくる。香雨にリードさせてくれる事もない。

犯《おか》されているみたいだ、と香雨は思う。

舌を絡《から》めるというこの行為《こうい》がこんなにもいやらしく感じられた事はない。粘膜《ねんまく》が擦《こす》りあわされる感覚は、まるでセックスそのもののよう。迅が舌を動かす度、じわりと熱がわいてくる。

「ん……ふ……っ」

ヤバい。

こいつ、――すごく、うまい。

頭がぼーっとしてくる。時々ぞくりと何かが腰骨のあたりから駆け上がる。

気持ちが――いい。

翻弄《ほんろう》される香雨の躯に、迅の掌《てのひら》が触れる。喉元《のどもと》を軽く撫で下ろし、更《さら》に下へと滑《すべ》ってゆく。シャツの破れ目から侵入《しんにゅう》してきた指先に乳首《ちくび》を摘《つま》まれ、香雨はひくりと身を竦《すく》めた。

迅に触れられ、そこの感覚が他《ほか》とは違う事に初めて気がつく。

今はくすぐったいだけだったが、その裏側には不穏《ふおん》な予兆があった。もっと触って欲しいような――逃げ出したいような、不思議な感覚。どちらと決めるより早く、迅は更に下へと掌を移動させる。

下ってゆくにつれ、緊張《きんちょう》が高まる。

あと、少し。もう少し、先。

あちらこちらを柔《やわ》らかく愛撫《あいぶ》する掌がそこに到達《とうたつ》するのを、香雨はいつの間にか息を詰《つ》めて待ちかまえていた。

「んっ」

布の上からするりと指先で撫でられ、くぐもった声が上がる。

ぴちゃり、と淫靡《いんび》な水音を残し、迅が唇を離した。

「すこし硬《かた》くなっているな」

包み込むように掌を当て、軽く揉《も》みしだく。焦《じ》れったい快感に、香雨は身をよじった。

「あ……あ……っ！」

「俺にキスされて感じちまったんだろう？　可愛《かわい》いぜ、コウ。もっと気持ちよくして欲しいか？」

煽《あお》られている。

欲しいなんて言える訳がない。だが躯は熱くなってしまっていた。迷っている間もやわやわと弱みを刺激《しげき》され、香雨は、ん、と声を漏《も》らしてしまい唇を噛《か》む。

慾《よく》を殺しきれない香雨の無意識の媚態《びたい》に、迅の喉《のど》が鳴る。

「くそっ」

いきなり迅が乱暴な手付きで香雨のベルトを外し始めた。

「え、なに……？」

不安そうな声には構わず、香雨を押し倒《たお》すと、下着と一緒《いっしょ》にカーゴパンツを引き下ろそうとする。

「わ、や……っ」

慌《あわ》ててやめさせようとする香雨に、迅は荒っぽくくちづけた。

「好きだぜ、コウ」

低い、艶《つや》のある声に脳髄《のうずい》が甘く痺《しび》れる。

「もっと触りたい。痛くなんてしないから、大人しくしていろ」

冗談《じょうだん》じゃない、そんな言葉信じられるかと思うのに、軀《からだ》に力が入らない。

おたおたしているうちに両手をまとめて押さえつけられ、下肢《かし》を剝《む》き出しにされてしまった。

「いい眺《なが》めだ。あんたが感じているのがよくわかる」

芯《しん》を持ち始めたものを軽く弾《はじ》かれ、香雨は身を震わせた。いたぶられているのにじわりと蜜《みつ》を滲《にじ》ませている己《おのれ》の軀が信じられない。

香雨の膝裏を押し腰《こし》を浮《う》かせると、迅はクッションを一つ押し込んだ。ついでにすんなりと伸《の》びた足の片方をソファの背にかけさせ、もう一方をソファの座面に投げ出させる。

これ以上ない程足を広げさせられ、香雨は迅を睨《にら》みつけた。

格闘技《かくとうぎ》が身についてしまっている香雨は無防備に急所をさらすのが嫌《いや》で嫌で仕方がない。

あられもない格好を強《し》いられ身を縮めた香雨を、迅は獰猛《どうもう》な目つきで見下ろす。どうする気なのだろうと香雨が怯《おび》え待っていると、迅はおもむろに身を屈《かが》めた。

「え」

あらぬ場所にちゅっと音を立てキスされる。

次いで迅が香雨のモノをすっぽりとくわえ込む。敏感《びんかん》な皮膚《ひふ》の表面を舌でつるりと撫でられ、香雨は震《ふる》えた。

「ちょ、や……っ、ばか、そんなトコロ……っ」

頭を押さえ引き剝《は》がそうとすると、迅が軽く歯を立ててくる。尖《とが》った犬歯に与《あた》えられた痛みに、香雨は食いちぎられる恐怖を覚えた。

怖い。

なのに、──あったかくて、気持ちいい。

迅が本格的に愛撫を始める。

巧《たく》みな舌使いに、香雨は愕然《がくぜん》とした。

口でしてもらうのは初めてではない。かつて付き合っていた彼女にもしてもらった事がある。だが迅のテクニックは段違《だんちが》いだった。強すぎも弱すぎもしない、的確な刺激が欲しい所に与えられる。

──うあ──。こんなの、ありかよ──。

反抗心《はんこう》は、あっけなく潰《つい》えた。

与えられる快楽に、香雨は震える。

下肢に力が入らない。腰《こし》を中心に、香雨はぐずぐずと溶《と》けてゆく。

「嘘《うそ》……」

「あ……あっ、は、あ――」

自分が自分でなくなってしまったようだった。

他人にリードされ、一方的に翻弄されるセックスなんて経験した事がない。ずっと香雨は愛撫する側で、支配し、喘《あえ》がせる側だった。

強い男を目指してきた自分がこんな男に好きにされていい筈《はず》がない。こんなの、不本意な筈なのに。

――香雨は不思議な開放感に酔《よ》った。

やめなければと思うのに、甘ったるいよがり声が止められない。多分今、自分は迅に、すごくいやらしい顔をさらしている――。

「あ……ああ……っ、あ、あ……嘘だ、こんな……っ」

重くなった袋《ふくろ》を少し痛いくらい強くいじられ香雨は小さな悲鳴を上げた。

迅の舌がなだめるように熱を持つ肌《はだ》をくすぐる。おまけに足の付け根の肉を焦らすように揉まれて――。

「ひ、あ……っ」

香雨はのけぞりわなないた。

――ああ、イイ。

舐《な》めねぶられているものは迅の意のままに張りつめ、頂《いただき》を迎《むか》えようとしている。我慢《がまん》なんてとてもできない。

「ジン……ジン……っ！　もう、イ、く────！」

最後にはもう、夢中だった。

これまで経験した事のない高みにまで押し上げられ、狭《せま》いソファの上、香雨は反り返った。

軀の奥底から指先まで熱い何かがせり上がってくる。

あ、すご、い──。

勢いよく白濁《はくだく》が吹《ふ》き上げられ、破れたシャツを汚《よご》す。

「あ……は……」

せわしなく胸を波打たせながら、香雨はくったりと四肢《しし》を投げ出した。

どうしよう。ものすごく悦《よ》かった。

女の子とするより、ずっと。

香雨が薄《うす》く瞼《まぶた》を開けると、食いつきそうな顔で凝視《ぎょうし》していた迅と目が合った。イく瞬間《しゅんかん》の顔を見られたのだと気づき香雨は、へろへろの拳《こぶし》を振《ふ》り回す。

「見てんじゃねえ。この……馬鹿《ばか》っ」

ひょいと首を竦め攻撃《こうげき》をかわすと、迅は伸びきった香雨の腕《うで》を捕《と》らえた。悪びれもせず、手首の内側にくちづける。

「あ……」

そんな刺激にさえ感じてしまい、香雨はあえかな声を漏らした。

「あんた、滅茶苦茶《めちゃくちゃ》可愛かったぞ」

上機嫌《じょうきげん》な声が忌々《いまいま》しい。

「黙《だま》れ」

「名前で呼ばれるっていいな。一気に親密度が上がる気がする」

「名前だあ？」

そんなもの口にしただろうかと考え込んだ一瞬《いっしゅん》後、香雨は真っ赤になった。

そう言えば、言った。よりによってイく時に呼んでしまった。

羞恥《しゅうち》にわなわなと震える香雨の肩《かた》を、迅が叩《たた》く。

「コウ、汚れてしまったシャツは脱《ぬ》いだ方がいい」

「くそう……」

確かにソファを汚しかねない。

破れたシャツを脱いで渡《わた》すと、香雨はソファの隅《すみ》にうずくまった。

「なあ、なんか服、貸してくれるんだろ？」

「ああ、うん。そうだったな」

頷《うなず》いたものの迅に服を探しに行く様子はない。それどころか尻《しり》の位置をずらして、香雨との距離《きょり》を詰《つ》めてくる。

香雨の軀は一度覚えた快感に従順だった。たかがキスに酔わされてしまう。気がついたらまたソファに押し倒されていた。掌《てのひら》が感じやすい場所を探《さぐ》ってくる……。

顎《あご》を捕らえられ、舌をねじこまれる。

「もう少しいいだろう？」

首筋にくちづけられ、香雨は潤《うる》んだ目で迅を睨みつけた。

「おまえなあ……」

＋　＋　＋

翌朝目覚めた香雨は、己がソファの上で一人軀を丸くして眠《ねむ》っていたのに気づき鼻に皺《しわ》を寄せた。無意識に辺りを見回し、迅の姿を探す。

迅は窓際《まどぎわ》のデスクにいた。デスクライトだけを点《つ》け、書類に目を通している。香雨が目覚めた事に気が付くと、迅はにっと笑い立ち上がった。

「どうした。俺はここにいるぞ」

「……別に、おまえなんか探してないし」

胸の中に広がっていた仄《ほの》かな不安が消えたのには気付かないふりをして、香雨は身を起こす。

上半身には迅のカーディガンを羽織っていたが、ブランケットが掛《か》けられた下半身は裸《はだか》のままだった。少し身じろいでみるが尻に痛みはない。最後の一線は越《こ》えずに済んだようだ。

「おはよう」

ソファの背《せ》もたれの向こうから身を乗り出してきた迅に鼻先にキスされ、香雨は首を縮めた。見る間に肌に赤みが差す。

「朝っぱらから何すんだよ」

「何って、おはようのキスだろ？」

迅が愛しげに香雨の髪《かみ》を梳《す》く。ついでに額にもキスを落とされ、香雨はむっつりと唇《くちびる》を引き結んだ。迅は険しい表情になど気づいた様子もなく、目を細め香雨を見つめている。

……なんだこの、甘い空気は。

見回せば、昨夜脱がされた下着とズボンがテーブルの上に畳《たた》んで置いてある。香雨は迅を押しのけ衣類を取り上げた。

「寝《ね》ている間、寒くなかったか？」

「……覚えてない。それからおまえ、少しは遠慮《えんりょ》して目を逸《そ》らせよ」

ソファに浅く腰《こし》をかけ、ズボンを引き上げながら香雨が威嚇《いかく》する。背もたれに頬杖《ほおづえ》をつき、観賞する態勢に入っていた迅が肩を竦《すく》めた。

「恥《は》ずかしがり屋だな、コウは」

「明け方近くまで人の軀《からだ》をねちねちと弄《もてあそ》ぶような危険人物の前で、平然と着替《きが》えられる方がおかしいだろ」

「気持ち良かっただろう？」

にやにや笑いながら指摘《してき》され、香雨は憤然《ふんぜん》とした。

「またして欲しくなったら呼びな。いつでも飛んでいって可愛《かわい》がってやる。まあ呼ばれなくても行くかもしれないが」

「――来んな！」

ははは、と笑いながら迅が立ち上がる。少し待ってろと言い置き、事務所の奥に消える。すぐに戻《もど》ってきた迅の手には、新品のシャツがあった。

「これを使うといい」

「……ん」

香雨は早速《さっそく》パッケージを破り、シャツを広げた。羽織っていたカーディガンを脱ぎ、シャツに袖《そで》を通す。これもまた迅のものなのだろう、サイズが大きい。

線の細い肢体《したい》が、指先しか出ないシャツの中で泳いでいる。スキニーパンツのおかげで無駄《むだ》なく引き締《し》まった下半身のシルエットが強調され、香雨の軀がより一層ほっそりと華奢《きゃしゃ》に見えた。

一番上までボタンをかけようとする細い指を、迅が摑《つか》んで止める。

「そうするとネックサイズが合っていないのが目立つ。着崩《きくず》した方がいい」

迅が手早く襟を直してくれる。お互《たが》いに髪が乱れ、いかにも情事の朝という雰囲気《ふんいき》だ。空気が甘いのがまたいたたまれない。

「あー、俺、そろそろ帰るわ」

そわそわと長い袖をいじりながら香雨が別れを告げようとすると、迅が思い出したように言った。

「朝飯を一緒《いっしょ》に食おうぜ。近くにうまいカフェがあるんだ」

「ぐ……っ」

飯と聞いた途端《とたん》腹が鳴る。

「決まりだな」

にやりと笑うと、迅はカーディガンを香雨にふわりと着せかけた。

簡単に身なりを整え連れだって事務所を出る。香雨はいいと言ったのだが、迅が香雨の荷物まで全部持ってくれた。

迅が連れて行ってくれたカフェは緑豊かな公園に面していて、気持ちのいい雰囲気だった。

テラス席で朝食のセットを注文する。すぐ運ばれてきたコーヒーは香《こう》ばしくておいしかった。

オーダーを受けてから作られたオムレツは熱々のふわふわ、付け合わせの量もたっぷりあって、見かけによらず健啖《けんたん》な香雨の胃袋《いぶくろ》を充分《じゅうぶん》満足させてくれる。

おまけに払《はら》いは全《すべ》て迅がしてくれた。香雨は奢《おご》られるつもりなどなかったのだが、トイレに立った隙《すき》に精算されてしまっていたのだ。

そつのない立ち居振《いふ》る舞《ま》いがまた癪《しゃく》に障《さわ》る。

送っていくと言うのをムキになって断り、香雨は一人、電車に乗って帰宅した。アパートへの道をよろよろと歩く。

家に入り扉《とびら》を閉めるなり、香雨はその場にしゃがみ込んだ。

——一体何をやっているんだ、俺は！

＋　＋　＋

数日後、香雨は美術準備室でノートパソコンを広げていた。

ファイルを繰《く》りながら、香雨は時折テーブルに置かれた携帯《けいたい》へと目を遣《や》る。

昨夜、迅からメールが来た。週末にドライブに行かないかという、デートのお誘《さそ》いだ。

もちろん香雨には男と付き合う気などない。デートに応じるなんて論外だ。それなのに香雨の心は奇妙《きみよう》に浮《うわ》ついていた。

気を抜《ぬ》くと頭の中でメールの中身を反芻《はんすう》してしまう。

海岸線にそって車を走らせ、こぢんまりとしたホテルでランチをとろう。海縁《うみべり》の遊歩道を散歩して、夕日を眺《なが》める。新鮮《しんせん》な魚介類《ぎょかいるい》を出す事で有名なリストランテにもう予約を入れた。最高のワインとディナーを楽しんで、帰るのが面倒《めんどう》になったら宿をとってもいい。

――ベタだ。

俺は女の子かと、ほんのり頬《ほお》を赤らめた香雨の手は、完全に止まってしまっていた。

頬杖をついて物憂《ものう》げに目を伏《ふ》せ、香雨は先の週末の顚末《てんまつ》を思い返し始める。

同性でツボがわかっているからだろうか、迅の愛撫《あいぶ》に香雨は抗《こう》せなかった。

あんなの、初めてだ。

何が何だかわからなくなってしまう程《ほど》、気持ち悦《よ》かった。

口淫《こういん》にあっけなく屈《くっ》した後、大きな掌でしごかれて、香雨はまた他愛《たあい》もなく前を張りつめさせた。

力なくもがく香雨に、迅が時々あやすようなキスを贈《おく》る。口の中をねろりと舐《な》められるだけで、腰《こし》が蕩《とろ》けるような気がした。

聞くにたえない甘い声をひっきりなしに上げていた自分を、香雨はぼんやりと覚えている。

それだけでも恥ずかしいのにあの男は――と、香雨は唇を噛《か》んだ。

熱に浮《う》かされ正気を失った香雨の尻《しり》に、あろうことか指を入れてきた。

ぬく、と侵入《しんにゅう》してきた異物の感触《かんしょく》を思い出し、香雨は身震《みぶる》いする。

気持ち悦くなどもちろんない。

だが根本まで押し込まれ、きつい肉壁《にくへき》の中でぐるりと指をまわされた瞬間《しゅんかん》、何かを感じた。

思わず腰が跳《は》ね上がってしまうような不可思議な衝撃《しょうげき》。

快楽などでは断じてなかったが、香雨は怯《おび》えた。

これ以上先に進んではならない。あの未知の感覚がやがて自分の何もかもを変えてしまいそうな気がする。

香雨が厭《いや》がると迅は指を抜いたが、解放してはくれなかった。香雨の軀の隅々《すみずみ》まで暴《あば》き、快楽を刻みつけてゆく。

最後には我慢《がまん》できなくなったのだろう、ズボンの前を緩《ゆる》め取り出されたモノを見て、香雨は戦慄《せんりつ》した。

「最悪だ……あんなの……」

香雨は指の関節で無意識に口元を押さえる。

多少大きさや形が違《ちが》うとはいえ、自分にも同じモノがついている。驚《おどろ》くようなものでは全然ない筈《はず》なのに、迅のを見た途端かあっと頭に血が上り、脳が沸騰《ふっとう》しそうになった。

正視できず俯《うつむ》いてしまった香雨の頬を迅の掌《てのひら》が包む。

そして――してくれないかと、低い艶《つや》やかな声でねだられ、香雨は――――。

ぎゃ――――。

火照《ほて》った両頬を掌で押さえ、香雨は叫《さけ》び出したい衝動《しょうどう》を抑《おさ》え込んだ。

それまで知らなかった快楽に酔《よ》わされ、あの夜の香雨は迅の言いなりだった。

思い出したくもないのに忘れられない。掌に感じた迅の猛々《たけだけ》しさを、与《あた》えられた快楽を、頭の中で反芻してしまう。初めてセックスを経験したチェリーボーイじゃあるまいし、何をやっているんだと香雨自身思う。

問題は、これから先、どうしたらいいのか、という事だった。

厭な奴《やつ》だったら、どんなにセックスがよくてもそれで終わりにしてしまえる。だが迅は、強《ごう》引《いん》な所こそあれ悪人ではなかった。弟思いで、それなりの魅力《みりょく》もあり――香雨を好きらしい。

「……俺はゲイじゃないのに……くそ、次会ったらボコボコにしてやりたい……」

でもできないとわかっている辺りが更《さら》に腹立たしい。腕力《わんりょく》でも性技でもノックアウトを食《く》らい、香雨は身も心もずたぼろだ。

「センセー」

ボクシングジムにでも通おうかなと香雨は思う。

香雨はまだボクシングを嗜《たしな》んだ事がない。馴染《なじ》みがなかったから迅の動きについていけなかったのかもと香雨は希望をつなぐ。ボクシングを習得すれば迅に勝てるようになるのかもしれない。

「センセーってば大丈夫《だいじょうぶ》かよ。気分、悪いのか？　保健室、連れてってやろうか？」

ぼんやりと声のする方向へと目を遣った香雨は、頬杖《ほおづえ》をついていた机の横に佑斗がしゃがみ込んでいるのを発見し、あからさまに狼狽《ろうばい》した。

「あ……いや、大丈夫だ……」

心配される必要なんて全然ない。香雨が辿《たど》っていたのは、爛《ただ》れたセックスの記憶《きおく》だ。

「ナニ考えてたんだ、センセー」

よく懐《なつ》いた犬のような目で見上げてくる佑斗を見下ろし、香雨は不意に頬骨《ほおぼね》を色づかせた。

佑斗の厚い唇《くちびる》は、迅そっくりだった。この子の兄にあんないかがわしい真似《まね》をされたのだと思うと落ち着かなくて、香雨は視線を逸《そ》らす。

「別に。晩飯に何食おうかなって考えていただけ」

「本当か？」

探《さぐ》るような視線を、香雨はやはり見返せない。

「本当に決まってんだろ。……って、大藪、おまえなんでここにいるんだ。準備室の鍵《かぎ》、かかっていたろ」

「窓から入った」

しれっと言われ、香雨は目を据《す》わらせた。指先で思い切り佑斗の額を弾《はじ》く。

「……ってーな。なにすんだよ」

「危険だから駄目《だめ》だって言われているだろ。つか、勝手に入ってくんな」

窓の外には下の階の庇《ひさし》が張り出している。コンクリート製で頑丈《がんじょう》だが、もちろん落下の危険があるので窓の外に出るのは禁止されている。

それに今、香雨が扱《あつか》っている書類には生徒の個人情報が記載《きさい》されているものもあった。まずい書類が表に出ていなかった事を確かめほっと肩《かた》を落とすと、香雨は顎《あご》で出口を指し示す。

「大事な仕事しているんだから、準備室を出ろ、大藪」

だが佑斗は出て行かない。

「やだね。俺も大事な話があるから来たんだ」

香雨が顎を反らし見上げると、佑斗の目と目がぶつかった。そのまましばらく睨《にら》み合ったが、やがて香雨が折れ、両手を掲《かか》げた。

「わかった。でもここじゃ駄目だ、廊下《ろうか》に出ていろ」

どうせ気が散っていた所だった。書類を片付け、今度はしっかり窓にも施錠《せじょう》し、廊下に出る。入り口にも鍵を掛《か》けると、佑斗が香雨の手首を掴《つか》んだ。

美術室は校舎の端《はし》に位置する。すぐ傍《そば》にある非常階段の踊《おど》り場に連れ出され、香雨は白衣の前を掻《か》き合わせた。屋外に設置された人気《ひとけ》のない階段は、風当たりが強く肌寒《はだざむ》い。

「センセー、今週ずっとおかしかったんだって？」

そんな自覚のなかった香雨はああ？　と訝《いぶか》しげな声を発した。

「誰《だれ》がそんな事言ってんだ？」

「センセーが受け持っている選択《せんたく》授業の奴《やつ》ら。やたら色気振《ふ》りまいてるから勃起《ぼっき》しそうになったとか学食で言ってたからシメといた」

「暴力振るったんじゃないだろうな、おい！」

それ以前に男相手に勃起なんてありえない。

香雨の固定観念は一夜の出来事程度では変わらない。迅だけがイレギュラーな存在なのだと思っている。

「つかさーセンセー。なんで俺の事見よーとしねーの？」

佑斗に鋭《するど》く指摘《してき》され、香雨はちらりと顔を上げたものの、すぐまた俯いてしまった。

「あ？　気のせいだろ。別にそんな事ないぞ」

がん、と鈍《にぶ》い音を立てて手《て》摺《す》りが震《ふる》える。

コーナーに寄りかかっていた香雨は、囲い込むように手をついた佑斗に身を竦《すく》ませた。ペンキの剝《は》げかけた手摺りを握《にぎ》り締《し》めた佑斗の腕《うで》の間は、ひどく居心地《いごこち》が悪い。

「変だよなあ、センセー」

「何がだよ」

「先週までは俺がどんなアプローチしようと平然としていたのに、センセー今、俺に怯えた」

反射的に反駁《はんばく》しようと口を開きかけ、香雨は凍《こお》り付いた。

確かに香雨はこの学ラン姿の子供に威圧感《いあっかん》を覚えていた。まだ成長途中《とちゅう》ではあるが、佑斗は体格がいい。やがては堂々たる美丈夫《びじょうふ》に育つだろう。——香雨を翻弄《ほんろう》した迅のように。

「——そりゃ、ビビるさ。誰もいない非常階段に連れ出されてるんだ。カツアゲでもされるんじゃないかって思うのは当然じゃないか？」

つい先週までは、香雨に怖《こわ》いものなどなかった。だが初めての完敗が香雨の世界を変えてしまった。誰も彼もが——佑斗でさえ、自分を脅《おびや》かすだけの力を隠《かく》し持っている雄《おす》に見える。

「こないだの土曜日さあ、うちのアニキ、帰って来なかったんだよな」

触《ふ》れられたくない話題を突《つ》かれ、香雨はどぎまぎした。

「あ——そうなのか？」

「昼になって帰ってきたと思ったらやけに上機嫌《じょうきげん》でさあ。いつもは俺にやらせんのに、洗濯《せんたく》なんか始めてんの。見慣れないロングパーカー洗ってたんだけど、それがアニキにはちょっと小さいサイズだったんだよな。そうだな、センセーにちょうどいいくらいのサイズ」

黒目がちの瞳《ひとみ》がまた後ろめたそうに佑斗から逸らされる。佑斗の表情が険しくなった。

「センセー、土曜日、何してたの？」

「何って、買い物とか。服見たり切れた電球買ったりしてた」

それから、気取った帽子《ぼうし》をかぶった卒業生と会った。

ふとそんな事を思い出し、香雨は瞬《またた》いた。

――なんて事だろう。大変な目に遭《あ》ったのに、その後の出来事が強烈《きょうれつ》だったせいですっかり忘れていた。

「信じらんねえ……」

加賀山に舐《な》められた場所を、香雨は手で押さえる。ほんの数分の出来事だったが、恐《おそ》ろしく気持ち悪かった。加賀山の舌をなめくじのようだとさえ思った。

でも――待って、と香雨は思い出す。

香雨は迅にも舐められた。それはもう、軀中《からだじゅう》、至る所を。だが香雨は、気持ち悪いなどとは欠片《かけら》も思わなかった。ただただ――感じた。

うあ――――。

なんかもう、何もかもがダメ過ぎる。

ずるずるとその場にしゃがみ込んでしまった香雨に、佑斗が慌《あわ》てる。

「やっぱあのロングパーカー、センセーのなんだろ？　土曜日になんかあったんだろ!?」

「や、別に何もないって」

「そんな顔で言われて納得《なっとく》できる訳がねーだろーが」

そんな顔ってどんな顔だ。

「センセー、正直に言えよ。アニキにヤられたのか？」

そんな事あるわけないだろと、香雨はわざとらしく語気を強め断言した。

微妙《びみょう》な所だが、嘘《うそ》ではない。とりあえず今の所最後まではいたされていないし、ヤられたうちには入らない筈《はず》である。

「センセー、アニキの事、好きなのか？」

次いで放たれた問いに、香雨はきっとなった。

「アホかっ、俺は男だぞっ！」

男を好きになる筈がない。迅の事を考えると速まるこの鼓動《こどう》だって、怒《いか》りによるモノに違《ちが》いないと香雨は思っている。

「ならいいけどさ。アニキは駄目《だめ》だぞ、本当に。この間俺が見せた画像、覚えてんだろ？」

画像？　と首を傾《かし》げ、香雨は愕然《がくぜん》とした。

「あ――、あの美青年カタログ――？」

――そっちもすっかり忘れてた。

そういえばあいつは、大勢の男をとっかえひっかえしてきた男だったんだっけ。

血の気が引いていくような感覚があった。香雨は手摺りを握る手に力を込める。

佑斗が携帯《けいたい》を取り出し開いた。

「俺はセンセーにはこんな大勢のうちの一人にはなって欲しくねーの」

次々に佑斗が表示させる写真を、香雨は前回とは異なり注視する。

前にも思ったが、本当に綺麗《きれい》な男ばかりが映っている。しかも香雨に似たタイプばかりだ。

見ているうちに胃の辺りがむかむかしてきた。

最後の一枚だけ見覚えがないのに気がつき、香雨はとっさに佑斗の腕を掴んだ。

「これ、いつの写真だ」

佑斗の指が素早《すばや》く動き、写真を拡大する。

「先週かな。アニキの事務所寄ったらいたんだ。確か学生時代から続いている男だぜ」

先週？　と香雨は柳眉《りゅうび》を逆立てた。香雨へのアプローチを始めた後だ。

おまけに自分に手を出したあの事務所で会っていただと？

＋　＋　＋

その夜、帰宅した香雨は荷物を放り出すなりバスルームへと突き進んだ。干してあったシャツとカーディガンを乱暴な手付きで取り、部屋に戻《もど》る。

バカにしやがって……っ。

デイジー、ポピー、サクラソウ。

目に付いた花を手折《たお》るような気持ちで、あの男は自分に手を出したのだろうか。

好きだとささやく艶《つや》やかな声やひどく優《やさ》しく感じられたくちづけを思い出し、香雨は奥歯を噛《か》みしめた。

所詮《しょせん》男は欲望《よくぼう》に忠実な生き物だ。えっちできるなら、多少の嘘くらい平気でつく。その程度の意味しかない言葉だったのだろう。

朝食を奢《おご》ってくれたりデートに誘《さそ》ってくれたりするのだって好きだからじゃない。ただ、ヤりたいからだ。

はは、と香雨は攻撃的な笑い声を上げた。

別に、構わない。

元々香雨は迅の事など好きでもなんでもない。借りた服を返してしまえば、あのいい加減な男との接点はなくなる。さっさと済ませて、これを最後にもう会うのはよそう。デートなんか論外だ。

準備が済むと、香雨は手早くメールを打った。

『今、どこにいる？』

返事はすぐさま返ってきた。

『まだ仕事をしている——』

他《ほか》にもずらずら書き連ねてある甘ったるい言葉を無視し、香雨は携帯を閉じた。仕事中という事は自宅ではなく事務所にいるのだろうと見当をつけ、家を出る。

再び電車に乗り、記憶《きおく》を手繰《たぐ》り寄せ到着《とうちゃく》した迅の事務所には、まだ明かりが灯《とも》っていた。

香雨は月光に玲瓏《れいろう》と映《は》える顔《かんばせ》をのけぞらせ白く光る窓を見上げる。

足早にビルの中へと入り、七階まで上がる。扉《とびら》の脇《わき》についているインターホンを押すと、香雨は胸の前で腕《うで》を組んで迅が現れるのを待った。

待つ程《ほど》もなく扉が開く。

「コウ？　どうした」

少し前屈《まえかが》みになり戸枠《とわく》に手を突いている迅はビジネススーツ姿だった。

ラフな服装しか見た事がなかった香雨は目を見開く。

真っ白なワイシャツに小さなダイヤがあしらわれたネクタイピン。適度に厚みのある軀はかちっとしたシルエットの服を着ると更《さら》に見栄《みば》えするものなのだと香雨はこの時初めて知った。

ネクタイを締《し》めた迅は別人のように颯爽《さっそう》としていて、口惜《くや》しいが見蕩《みと》れてしまう。

——くそ、かっこいい——。

「見惚《みほ》れてないで、入れよ」

大きく開かれた扉から中に入ると、迅はさりげなく腰《こし》を抱《だ》き、部屋の奥へと誘った。腰骨《こしぼね》の上を絶妙《ぜつみょう》の力加減で撫《な》でられ、香雨は思わず熱い吐息《といき》を漏らす。

「——っう」

「くく」

とっさに拳《こぶし》を振《ふ》るおうとしたが、今度も迅はあっさりしのいだ。

香雨は唇《くちびる》を噛みしめ、悔《くや》しそうに迅を睨《にら》みつける。ほんのりと色づいた頬《ほお》にかかる髪《かみ》を、迅は目を細め掻《か》き上げてやった。

「ようやくメールに返事をくれたと思ったら、こんなサプライズが待っているとはな。会えて嬉《うれ》しいぜ。アポを入れてくれたらもっと良かったんだが」

「――アポを入れる程の用じゃない。借りた服を返しに来ただけだ」

持ってきた紙袋《かみぶくろ》を押しつけようとした瞬間《しゅんかん》、電話の呼び出し音が鳴り始めた。

「ちょっと待ってろ」

「あ、いや、おい――」

迅が大股《おおまた》に事務室を横切っていく。二コール目が鳴り終わるより早く、受話器が取られ耳障《みみざわ》りな電子音が途絶《とだ》えた。

「はい、お電話ありがとうございます。大藪司法書士事務所でございい――ハロウ？」

途中《とちゅう》で英語に切り替《か》えた迅に、香雨は目を見張った。

卓上《たくじょう》のメモ用紙を引き寄せ、迅がペンを手に取る。

専門用語の交じった英語はネイティブ並みのスピードで、香雨には半分も聞き取れない。手持ち無沙汰《ぶさた》になってしまった香雨は、ひとまず紙袋を応接スペースのテーブルに置いた。ソフアの上にはスーツの上着と趣味《しゅみ》の良いクラッチバッグが置いてある。

誰《だれ》の上着だろう、とふと香雨は思った。迅はちゃんと揃《そろ》いの上着を着ている。

電話が終わると、迅はきびきびと自分の机へと移動し、ホルダーから書類を一枚抜《ぬ》いた。何か記入しながら口を開く。

「折角《せっかく》だから食事でもと言いたい所なんだが、まだ仕事が残ってるんだ」

「邪魔《じゃま》して悪かったな。借りた服、ここに置いた」

「そういえば週末の返事をまだもらってなかったな」

「俺は――」

行かないと言おうとした時だった。給湯室らしい奥のスペースから人影《ひとかげ》が現れた。

「迅、お客様？　コーヒー、もう一杯《いっぱい》淹れようか？」

小さな盆《ぼん》を手ににっこりと微笑《ほほえ》む男の顔を認めた途端《とたん》、うわんと耳の奥が鳴った。

こいつ――佑斗の携帯に映っていた男だ――。

――先週かな。アニキの事務所寄ったらいたんだ。確か学生時代から続いている男――。

どうしてその男がまたここにいるんだ？　なぜ我が物顔でコーヒーを淹れている？

時刻は、夜。事務所に他に人はいない。

迅の今夜の仕事というのは、この男の事だったのか？　別の男がいるのに迅は、厚顔無恥《こうがんむち》にも自分をデートに誘おうとしていた？

様々な感情が頭の中を駆《か》けめぐる。

男はワイシャツ姿だった。ネクタイは汚さないよう肩《かた》の上に跳《は》ね上げている。すらりと背が高いが柔和《にゅうわ》な雰囲気《ふんいき》で、佑斗に見せてもらった画像よりも綺麗だった。

上品そうなこの男はきっと自分のように口汚《くちぎたな》い言葉を吐《は》いたり、拳に物を言わせようとしたりはしないのだろうと香雨は思う。

男がわずかに首を傾《かし》げる。

「――あの、なにか?」

問いかけられ、香雨ははっと我に返った。いつの間にか迅もペンを持つ手を止め、面白《おもしろ》そうに香雨を見ている。

「どうした、コウ。長竹《ながたけ》が気になるのか?」

からかうような口調にかあっと頭に血が上った。

迅が考えている事など簡単にわかる。この男は香雨が嫉妬《しっと》していると思っているのだ。この長竹という男に。

――冗談《じょうだん》じゃない。

「いいや、全然。そんな事より、そんな風に呼ぶの、やめろよ」

「ああ? なんの事だ?」

怪訝《けげん》そうな迅に、香雨はぴしゃりと言い放った。

「コウって呼ぶなって言ってんだよ、馴《な》れ馴れしい。それから週末をおまえなんかの為《ため》につぶす気はない。ドライブには行かない。メールももう送って来るな」

迅の口元から笑《え》みが消える。顔が整っているだけに、無表情になった迅が放つ威圧感《いあっかん》は怖《こわ》いくらいだった。

「——コウ」

何か言い掛《か》けた迅の声を、香雨は上擦《うわず》った声で遮《さえぎ》る。

「迷惑《めいわく》なんだよ。言っただろう？　俺はゲイじゃないんだ。男が欲しけりゃ他をあたれ」

酷《ひど》い事を言っている自覚はあった。だが止まらなかった。それにあながち嘘《うそ》でもない。香雨はずっと女の子と付き合ってきたのだ。言い寄る男をつれなく振るのは、むしろ当然だ。

「じゃあ、そういう事だから」

言いたい事だけ吐き捨てて、香雨はくるりと踵《きびす》を返す。追いかけてくる迅の声から逃《に》げるように、丁度来ていたエレベーターに走って飛び込む。

扉が閉まると冷たい壁《かべ》に寄りかかり、香雨は変わっていく階数表示を睨みつけた。

これでいい筈《はず》なのに、胃が絞《しぼ》られるような不快感がせり上がってくる。

「そういえばあの人、最後まで何も言わなかったな」

おっとりとした迅の恋人《こいびと》は、終始困ったような顔で二人の会話を聞いていた。

「——こういう事態に慣れてんのかもな。はは」

それはそれで最低だ。

ようやく地上に辿《たど》り着き、小さな箱から出ると、香雨は空を振り仰《あお》いだ。月のない空で点在する星が弱々しい光を放っている。

＋　＋　＋

職員室で、香雨は窓枠《まどわく》に寄り掛かり、ぼんやりと携帯《けいたい》を眺《なが》めていた。

モニタには迅からのメールが表示されている。

あの尊大な男が書いたとは思えない切々とした文章を読み直し、香雨は携帯を閉じた。

胸の奥から溜息《ためいき》が湧《わ》き出てくる。

——自分の言動が不快だったのなら謝る、許して欲しい。あの時事務所にいたのは古い友人でかつては付き合っていた事もあるが今は単なる仕事の依頼人《いらい》だ。少しでも香雨に会えて嬉しかった。——また会いたい。

要約するとこんな内容のメールを迅は毎日送ってきていた。電話もたまにかかってくる。だが香雨は全《すべ》て無視した。

別に長竹なんか気にしてない。香雨はそもそもゲイじゃない。だから迅との繋《つな》がりを断っただけ。

それだけの事で迷う必要などない筈なのに、ひどく気持ちが落ち着かなかった。

もう会わないと決めた筈なのに、何かが胸の内側をかりかりとひっかいている。あの男の言い分に耳を傾《かたむ》けてやってもいいいんじゃないかと、携帯の着信ボタンを押してやれよと香雨を誘《ゆう》惑《わく》している。

本気で二度と会わない気なのか？

それで本当にいいのか？　と。

香雨は携帯をしまい、用意していた封筒《ふうとう》を手に職員室を出た。

からりと引き戸を開け、ざわついている教室に踏《ふ》み込む。

「ロングホームルームやるぞ。席に着け」

いきなり姿を現した香雨に、生徒たちの視線が集中した。

ストレスのせいかこの所よく眠《ねむ》れない香雨の目元には、荒《すさ》んだ色気が滲《にじ》んでいる。

香雨は手負いの獣《けもの》のように張りつめた空気を纏《まと》い、教壇《きょうだん》へと足を進めた。白衣の裾《すそ》が優美に揺《ゆ》れ、ぱさりと小さな音を立てる。

「あれ槇先生だ、どしたの？」

「佐藤はー？」

「佐藤とはなんだ、佐藤先生と呼べ。佐藤先生はインフルエンザだそうだ」

「インフルエンザ⁉　まだ秋なのに早くね？」

ぞっとしたように生徒の一人が身を震《ふる》わせる。受験を控《ひか》えた生徒たちにとって、インフルエンザに取り付かれるなどという事態は悪夢以外の何物でもない。

全員が席に着くのを待ち、香雨はプリントを一枚翳《かざ》して見せた。

「これから大事な書類配るぞ。いない奴《やつ》いるか？」

束《たば》のまま渡《わた》された書類を、一番前の席の生徒が適当に数を数えて回し始める。

「小島《こじま》が休みでーす」

「大藪もいませーん。一昨日《おととい》から来てねーよな？」

「いや大藪はもっと前からいなかったろ」

何人かの生徒が頷《うなず》く。

選択《せんたく》授業が多い三年は出欠を把握《はあく》しにくい。出席簿《ぼ》に記入しながら香雨は眉《まゆ》を顰《ひそ》めた。

「大藪もか？　風邪《かぜ》か？　誰か聞いているか？」

誰も口を開こうとしない。

「誰も知らないのか？」

大藪は決して友達がいないタイプの生徒ではない。不審《ふしん》に思った香雨が繰《く》り返すと、ひどく不穏《ふおん》な答えが返ってきた。

「ここ数日、メールしても返信してこねーんだよな」

「携帯壊《こわ》したんじゃねーの？」

厭《いや》な感じがした。

今更《いまさら》佑斗が不登校に陥《おちい》る理由などない。

ロングホームルームを終え職員室に戻《もど》ると、香雨は他《ほか》の教師たちに大薮の出欠状況《じょうきょう》を確認《かくにん》してまわった。

副担任である香雨が知らなかっただけで、確かに佑斗は四日も前から学校に来ていなかった。連絡《れんらく》もない。

席に戻ると、香雨は眉間《みけん》に皺《しわ》を寄せ、腕《うで》を組んで考え込む。

どうして学校に来ないんだろう。

連絡が取れないというのもおかしい。

そういえば、と香雨はつい数週間前の記憶《きおく》を掘《ほ》り起こす。

以前佑斗は、迅に学校なんか行かなくていいと言われたと漏《も》らしてはいなかったか？　おまえがゴネればセンセーにまた会えるからと。

――まさか迅が佑斗を家に閉じこめてんじゃないだろうな。

実の弟を犠牲《ぎせい》にしてそんな事をするなんて、普通《ふつう》では考えられない。だが絶対にないとは香雨には言い切れなかった。

あの男は香雨に、普通では考えられない行為《こうい》を仕掛《しか》けてきたのだ。

「確認……すべきだよな」

少し緊張《きんちょう》しつつ佑斗の自宅に電話してみたが、コール音が続くばかりで誰《だれ》も出なかった。次いで佑斗の携帯にもかけてみるが、電源が切られているらしく定番のメッセージが流れる。

あとは——と迅の電話番号の上に人差し指をあて、香雨は考え込んだ。

普通であれば保護者となっている兄に連絡を取るべきなのだが——そして香雨がかければ即《そく》座《ざ》に電話に出るのだろうが——気が進まない。だが放置しておくわけにもいかない。

香雨は心を決めると、ファイルを閉じた。

＋　＋　＋

どこか遠くで電話の呼び出し音が鳴っている。

香雨は溜息をつき、携帯を切った。同時に遠くの呼び出し音が途絶《とだ》え、静寂《せいじゃく》が戻ってくる。

仕事が終わった後香雨が再び訪《おとず》れてみた大藪家は静かだった。呼び鈴《りん》を鳴らしても誰も応《こた》えない。

佑斗はこの家にいないのだろうか。

佑斗の部屋がある二階を見上げ、香雨は思案する。

佑斗が心配ではあるが押し入る訳にはいかない。明日《あした》もう一度訪ねてみて、それでも佑斗と会えなかったら迅に連絡してみよう――そう決め、香雨はもう一度そびえ立つ家を見上げた。

無駄《むだ》だろうと思いつつ名前を呼んでみる。

「大藪？」

予想に反し、香雨が唇《くちびる》を閉じるより早く、窓の向こうに動くものが現れた。

ほの白い手だ。

力なく掲《かか》げられた手が窓を半分ほど開き、力尽《ちからつ》きたように落ちる。香雨が思わず声を上げようとした時、ひょっこりと寝癖《ねぐせ》だらけの頭が覗《のぞ》いた。

「センセー？」

かすれた声が聞こえ、香雨はほっとして頭をのけぞらせた。

「学校にも来ないで何やってんだ、大藪。それから鳴ってる電話無視すんな」

「え？　今日しつこく電話してきたのってセンセーだったの？　しくったー」

からからと窓が閉められ佑斗の姿が消える。だがすぐに門灯がつき、玄関《げんかん》の扉《とびら》が開かれた。

「どーぞ、センセー」

玄関に入ると汗《あせ》の臭《にお》いが鼻についた。佑斗は目を潤《うる》ませ嬉《うれ》しそうな――でも弱々しい笑《え》みを浮《う》かべている。ただ立っているのもつらいらしい。躯《からだ》がふらふら揺れている。

「大藪？」

香雨は思わず手を伸《の》ばし佑斗の額に触《ふ》れた。

——熱い。

「おまえ、熱あんのか？」

佑斗は恥《は》ずかしそうに頭を掻《か》いた。

「なんか風邪《かぜ》引いちゃったみたいでさ。センセーの手、ひやっこくて気持ちぃーな」

——なんだ。迅のせいなんかじゃなかったんじゃないか……。

「それで四日も学校を休んだのか。連絡くらいしろよ。心配するだろーが」

香雨がぐしゃぐしゃの前髪《まえがみ》を掻き上げてやると、佑斗は目を細めた。

「え、俺の事心配してうちまで来てくれたのか？　すっげ嬉しい。俺、携帯壊しちゃってさ、学校の番号、わかんなくなっちゃったんだよ。探すのもしんどくて」

熱のせいで潤んだ瞳《ひとみ》には喜色が湛《たた》えられている。好きと大書きしてあるに等しい顔が眩《まぶ》しくて、香雨は睫《まつげ》を伏《ふ》せた。

「馬鹿《ばか》。副担任だから様子見に来ただけだ。別に心配なんかしていない」

クールに突《つ》き放したつもりだったのに、佑斗はぶるりと躯を震わせた。

「うっわ、センセー今の、超可愛《ちょうかわい》かった！　きゅんとキた！」

長い腕がにゅっと伸びてきて香雨を捕《つか》まえる。抱《だ》きすくめられた香雨は、何日も風呂《ふろ》に入っていないらしい佑斗の匂《にお》いに閉口し、鼻に皺を寄せた。兄弟だからだろうか、佑斗の匂いは迅の匂いととてもよく似ている。

「やめろよ、汗くさい。ほら、ベッドに戻れ」

わあわあ言い合いながら階段を上がる。佑斗の部屋は先日訪ねた時の倍は散らかっていた。床《ゆか》には見事に踏《ふ》み折られた携帯《けいたい》電話が転がっている。

「病院へは行ったのか？　薬は？」

佑斗は上掛《うわが》けを引っ張り、もそもそとベッドにもぐりこんだ。

「病院は行ってねーけど、ちゃんと風邪薬飲んでるから平気」

「いや駄目《だめ》だろ。もう四日も熱あるんなら病院くらい行かないと」

香雨はよじれている上掛けを引っ張って直してやった。

「明日になっても熱が下がってなかったらそうするよ。へへ。センセーが会いに来てくれるなんて、風邪引くのも悪い事ばかりじゃねーなっ」

「バカ言ってんじゃねーぞ。さっさと治して学校に来い」

香雨は足下《あしもと》に視線を落とす。フローリングの床には衣類が散らばっている。ふと異臭《いしゅう》を感じ香雨が拾い上げてみると、何日もほったらかしになっていたのであろう、つんと鼻を刺《さ》す臭いがした。

「大藪……これはまずいだろ」

「え？　なんだ？　におう？」

床には他にもパーカーや制服のワイシャツなどが放ってある。少し悩《なや》んだ末、香雨は立ちあがって衣類を拾い始めた。このままにしておくとキノコでも生えてきそうだ。

「洗濯物《せんたくもの》、いつもどうしてんだ」

「洗面所の脱衣籠《だついかご》に入れといて、週末にまとめて洗濯してる」

部屋の隅《すみ》に落ちていたスポーツソックスを最後に拾い上げ、香雨は腰《こし》を伸ばした。

両腕一杯《りょうでいっぱい》に衣類を抱《かか》え一階に下りる。洗面所はすぐに見つかった。洗濯物が山になっている籠の頂上に抱えてきたものを置くと、香雨はついでにキッチンを覗いてみる。

テーブルの上には白地にブルーのシンプルなロゴが印象的な紙袋《かみぶくろ》が二つ置いてあった。中には様々なパンがぎっしり詰《つ》まっている。食器棚《だな》の前には、箱買いしたカップラーメンが積まれ、扉が開かなくなっていた。レトルトのカレーやご飯もある。

冷蔵庫の中は空っぽに近かった。入っているのは酒と酒のつまみばかり、ソフトドリンクさえない。

キッチンの隅にはミネラルウォーターの空箱だけが置いてある。空になったペットボトルが何本も流し台に置かれているところを見ると全部飲み干してしまった後なのだろう。帰る前に飲み物を補充《ほじゅう》してやらねばと思いながら部屋に戻《もど》ると、佑斗が怠《だる》そうに目を上げた。

「大藪、なんか俺にして欲しい事あるか？　スポーツドリンクとか喉越《のどご》しのいい食べ物とか、買ってきてやるぞ」

優《やさ》しく尋《たず》ねる香雨に、佑斗は目を輝《かがや》かせた。

「して欲しい事？　じゃあさ、センセー、添《そ》い寝《ね》して」

「却下《きやつか》」

風邪《かぜ》を引いて弱っていても、佑斗は佑斗だった。香雨は苦笑《くしよう》してベッドの端《はし》に腰をかける。

「随分《ずいぶん》洗濯物が溜《た》まっていたが、おまえのアニキは洗濯しないのか？」

「うん。洗濯は俺の分担なんだ。アニキはゴミ出しと風呂掃除《ふろそうじ》担当」

「おまえが風邪引いているっていうのに、アニキはなんのフォローもしてくれないのか？」

迅についで触れると、急に佑斗の歯切れが悪くなった。

「あー別に子供じゃないんだし、ちょっと風邪引いたぐらいでアニキに面倒《めんどう》見てもらう必要なんかねーよ」

偉《えら》そうに嘯《うそぶ》く未成年の鼻を香雨は摘《つま》み上げる。

「生意気言うんじゃない。十八歳未満は子供だ。おまえのお兄さんはちゃんとおまえの面倒を見て、学校に連絡《れんらく》すべきなんだ」

「いって……うー、センセーの前でアニキの肩《かた》なんて持ちたくねーけどさあ、忙《いそが》しいんだよアニキは。特にここんとこずっと朝方シャワー浴びにだけ帰ってくる状態で、目の下にクマ作ってる。それでもアニキは病院まで車で連れて行ってやろうかーとか、学校に連絡しようかーとか言ってくれたんだけど、俺がいいって断ったの。クライアントと会う約束とかぎっちり詰まってるってわかってんのに、俺の為《ため》に時間無駄になんてさせらんねーじゃん。あれでちゃんと仕事の合間に電話くれたりとか、俺の好きなパン買ってきてくれたりとかしてくれてんだぜ、アニキは」

「だが……！」

「そもそもさあ、俺、すげえアニキに迷惑《めいわく》かけてんだよ。本当はさあ、アニキ、マンション買って、事務所の近くで一人暮らししてたんだぜ。でも親が海外行っちまう時、日本に残りたいって俺のわがまま叶《かな》えるためにうちに戻ってきてくれたんだ。通勤めんどくせーのに、俺のためにうちにいてくれてんの。これ以上迷惑なんてかけらんねーよ」

胸の裡《うち》がもやもやしてくる。

返事をしていないメールが溜まった携帯《けいたい》を無意識に服の上から押さえ、香雨は黙《だま》りこんだ。

「わー、ちょっとセンセー、そんな顔しないでよっ。ええと、先生って一人暮らしなんだろ？　全部一人でやんなきゃいけないのって大変そうだな。自分で料理したりすんの？」

空気を変えようとする佑斗の意を汲《く》み、香雨は曖昧《あいまい》に唸《うな》った。

「微妙《びみょう》だな。うどん茹《ゆ》でたり卵焼いたりはするけど、そんなのは料理とは言えないだろ」

「なんで？　三つ星ホテルのディナーより魅力《みりょく》的じゃん」

「またおまえはそうやって調子のいい事を言う……」

香雨が胡乱《うろん》な目を向けると、つるりと耳に心地《ここち》よい言葉を吐《は》いてのけたお子様は唇《くちびる》を尖《とが》らせた。

「別に持ち上げようとして言ってる訳じゃねーよ。本当に食いてえって思ったから言ってんだ。俺、親が海外行っちまってから手料理なんか食ってねーし」

と胸を衝《つ》かれ、香雨は視線を揺《ゆ》らした。

「おまえのお兄さんは何も作ってくれないのか？」

「無理無理。アニキってあれで結構不器用だし」

ふうんと香雨は佑斗の言葉を噛《か》みしめた。大藪家の兄弟は手料理に飢《う》えているらしい。香雨が帰ったら佑斗はまた、一人でパンやカップラーメンで飢えをしのぐのだろう。それはひどく侘《わび》しい事のように思えた。健康にもよくない。

そんな事を考えていたら、口が滑《すべ》った。

「あー、なんだ、大藪。俺、卵焼きくらいなら作れるけど——」

「マジ!?　センセーがメシ作ってくれんのかよ!?　すげえ嬉《うれ》しい！」

躍《おど》り上がらんばかりに喜ぶ佑斗の顔を見た瞬間《しゅんかん》、香雨はもう後悔《こうかい》していた。そもそも香雨の料理の腕《うで》は実にお粗末《そまつ》だ。他人にご馳走《ちそう》するに足る立派なものが作れる訳ではない。欠席している生徒の様子を見に来ただけなのに、何を馬鹿《ばか》な事を言っているんだろう。

「い、言っておくが下手だからな。ただ焼くくらいしかできないし、それに焦《こ》がすかも」

「全然へーキ！　あ、センセーそれじゃあ、卵だけじゃなくて肉も焼いてくんねえ？　ご飯の上に載《の》せて食ったりしたらうまそーじゃね？」

男子高校生らしい好みではあるが、病人が食べるには重い食事である。

「粥《かゆ》の方がいいんじゃないのか？」

「そんなの食った気がしねーからヤダ。この所、パンとゼリーとレトルトばっか食ってたから、焼き肉弁当とか買いに行こうかなーって思ってたところなんだ」

そこまで言うのならと、香雨は腰を上げた。

「言っておくが、味に期待するなよ」

「オッケーオッケー！」

佑斗の言葉を信じ、キッチンへと下りる。米を洗い炊飯《すいはん》器にセットしてから香雨は買い物に出かけた。肉を買おうとして一体どれだけ買うべきなのだろうと悩む。

迅の分を、どうしよう。

気を遣《つか》う必要などないとは思う。用意しても外で食事を済ませてくるかもしれない。

――でも。

二人分作るのも三人分作るのも、手間は同じだ。

要《い》らなければ捨てればいいのだし。

手料理を食べていないという点は、佑斗も迅も同じだろう。わあ嬉しいと、感激してくれるかもしれない。

「迅なんかどうでもいいけど、ついでだからな」

そう自分に言い訳し、香雨は会計を済ませる。

大藪家に戻ると、香雨は極《きわ》めて適当な料理を手早く仕上げた。

大きなどんぶりに盛ったご飯の上に、塩胡椒《しおこしよう》を振《ふ》って焼いた肉を載せる。焼き肉のたれをかけてから、更《さら》に半熟に焼いた目玉焼きを載せて、完成。

出来合いのサラダを器《うつわ》に盛りつけて添える。

子供でもできそうな料理に、佑斗は大喜びだった。デジカメを持ってきて写真撮影《さつえい》までしている。香雨は慌《あわ》てて佑斗に釘《くぎ》を刺《さ》した。

「おまえそれ絶対に誰《だれ》にも見せるなよ」

「オッケオッケ。ところでセンセー、なんでどんぶりが三つあんの？　まさかアニキの分？」

香雨の視線が泳いだ。

「あーえーと、勝手に台所と米使わせてもらったから、一応」

「アニキにそんな気遣う必要ねーよ。接待とか親睦《しんぼく》会とかでいつもいいもん食ってんだから」

そうかもしれないな、と香雨は気が付いた。迅が連れて行ってくれたおでん屋は、随分《ずいぶん》いいお値段だった。

急にみすぼらしい料理が恥《は》ずかしくなり、香雨はカウンターの椅子《いす》にへたりと座り込んだ。

「そっか。そうだよな。要らないよな。あー、大藪、もしそれだけで足りないようなら、これ、食べちまえよ。夜食にしてもいいし」

急に沈《しず》み込んだ香雨に佑斗も落ち着かなくなる。

「あーうー、まあ、腹具合と相談して決めるよ。それより冷めないうちに食べよう、センセー。すっげえうまそうだ」

カウンターに並んで座り、いただきますと手を合わせて箸《はし》を手に取る。量だけが取り柄《え》の食事を、佑斗はうまそうに頬張《ほおば》った。

箸を入れると半熟の卵がとろりと流れる。肉に絡《から》めてご飯と一緒《いっしょ》に口に運ぶと、出来立てである事もあり、それなりにおいしい。

「うっま！　センセー、最高！　やっべ、涙《なみだ》出そう」

「大袈裟《おおげさ》な」

「大袈裟じゃねーよ。好きな人が俺の為に作ってくれた手料理だぜ？」

むぐ、と口の中のものを呑《の》み込むと、佑斗は箸を置いた。

「センセー、俺さあ、一目惚《ひとめぼ》れだったんだ。入学式の日にさ、教室で副担任だって自己紹介《しょうかい》しているセンセーを見た瞬間ここにきゅんってキた。……運命だと思った」

熱い眼差《まなざ》しに、香雨は飲んでいた茶を噴《ふ》きそうになった。

さすが兄弟、同じような事を言う。

「絶対モノにしてやるって思って美術部入ったけどさ、結構すぐ、しまったって思った。だってへったくそなの俺だけでさ、皆《みんな》うまいじゃん？」

「そうだったな」

その道が好きな者が入部するのだから当たり前だ。最初の頃《ころ》佑斗は、憮然《ぶぜん》とした顔で真っ白なキャンバスの前に座っていた。

「でもさあ、俺、すっげえ美術センスのないダメ生徒だったのに、センセー全然呆《あき》れないで構ってくれただろ？　準備室に押し掛《か》けても厭《いや》な顔一つしないで話聞いてくれてさ。慣れると段々言葉遣《ことばづか》いが乱暴になってくのが、なんか嬉しくてさあ」

香雨はただ、せっかく美術部に入ってくれたのだから絵を描《か》く楽しみを知って欲しかっただけだ。自分が好きなものを理解して欲しかっただけ。

佑斗が右手を上げる。

「恋《こい》に落ちるのって、普通《ふつう》こんな感じじゃん？」

その手を胸の前まですっと下ろす。

「なのにセンセーのは、違《ちが》うんだよ。底がねーの。センセーと会う度どこまでも落ちていく感じ。今日もすっごい勢いで落ちた」

掌《てのひら》が、さらに膝《ひざ》の辺りまで下ろされた。

「なあセンセー、やっぱ、ダメ？　俺、すっげえセンセーの事好き。アイしてる。アニキより絶対大切にするからさあ、俺のものになんなよセンセー」

素直《すなお》でひたむきな告白が可愛《かわい》い。三年間、この子がずっと自分を見つめていた事に、香雨は確かに気付いていた。

……迅も好きだと言ってくれたけれど、どこまで本気なのか香雨にはわからない。

あの男の本心が一体どこにあるのか香雨にはわからない。

告白の最中だというのにどこか遠くを見つめている香雨に、佑斗は顔を顰《しか》めた。カウンターに手をつき、躯《からだ》を捻《ね》じる。そおっと顔を寄せてゆく。

近づいてくる顔を、香雨はぼんやりと見つめた。

佑斗の真剣《しんけん》な顔は、迅によく似ていた。特に厚くていやらしい唇がそっくりだ。強引《ごういん》に事を運ぼうとする所も似ている。

ふっと感覚が狂《くる》う。

目の前でキスしようとしているのは迅だっけ、そうじゃないんだっけ——？

吐息《といき》が触《ふ》れる。睫《まつげ》がゆっくりと伏《ふ》せられてゆく。

唇が触れ合う寸前、香雨は慌てて躯を引いた。

「こら、何しようとしてんだおまえは」

ぎりぎりで逃《に》げられた佑斗が悔《くや》しげにカウンターを蹴《け》る。

「あー！　もー！　なんだよセンセー、やっぱりアニキの方が好きなのかよ！」

いきなり迅を引き合いに出され、香雨は眉《まゆ》を顰《ひそ》めた。

「そんな事あるわけないだろ」

「あるよ。この間っからずっと上の空じゃんか！　アニキがロングパーカー持って帰って来た頃からだ。だろ？」

香雨は息を呑んだ。事務所で迅と夜を過ごした記憶が脳裏《のうり》に蘇《よみがえ》る。

「そんなのはたまたまだ」

「嘘《うそ》つけ！　さっきアニキの話してた時だって……」

唐突《とうとつ》に言葉を切ると、佑斗はむっつりと唇《くちびる》を引き結んだ。

「話してた時？　俺がなんだ？」

「いーよもうっ。ばかっ」

「おまえ、教師に向かって馬鹿はないだろ」

「ばかだからばかっつってんだよっ、ばかっ」

むくれた佑斗がまたどんぶりを掻《か》き込み始める。香雨も小さな溜息《ためいき》をつき箸を取った。

料理を平らげお茶でも淹《い》れようかと立ち上がった時、佑斗がつと顔を上げた。

「あ、アニキが帰ってきた」

「え」

窓の外に光が射《さ》す。ゆっくりと車を前進させる音がする。家の前の駐車《ちゅうしゃ》スペースに車が入ってきたのだと気づいた途端《とたん》、鼓動《こどう》が乱れた。

「じゃあ俺そろそろ帰るな」

「えー、待てよ帰んなよ。折角《せっかく》アニキが帰ってきたんだ、手料理、食べてもらえよ」

ラップをかけたどんぶりを見下ろし、香雨は立ち竦《すく》んだ。

なんでこんなものを作ってしまったんだろう？……後悔《こうかい》した所で、今更遅《いまさらおそ》い。

「俺だって暇《ひま》じゃないんだ。じゃあな、大藪。あったかくして寝《ね》て、早く風邪《かぜ》治せよ」

「ちぇー」

どんぶりをシンクに置き、上着に袖《そで》を通しながら香雨は逃げるように廊下《ろうか》に出る。階段の途《と》中《ちゅう》で車の扉《とびら》が開く音が聞こえた。

鉢合《はちあ》わせするに違いない状況《じょうきょう》に緊張《きんちょう》が高まる。

——見つかったってなんて事ない。お邪魔《じゃま》しましたと言って出ていけばいいだけの事だ。

革靴《かわぐつ》に足を突《つ》っ込む。するりと入ってくれない踵《かかと》をなんとか押し込んで外に出ようとした瞬《しゅん》間《かん》、扉が外側から開かれた。

「————あ」

時が、止まる。

扉の向こうには、迅と長竹がいた。

暗くても長竹の頬《ほお》が紅潮しているのがわかった。瞳《ひとみ》を潤《うる》ませ迅に縋《すが》りつくように立っている。迅もまた、長竹の腰《こし》をしっかりと抱《だ》いている。

身を寄せ合う二人の間には親密な空気が流れていた。

——付き合っていないなんて、嘘じゃないか。

香雨は唇を噛《か》んだ。

特別な関係にあるかないかなんて、見ればわかる。この二人はとても親しい関係にある。香雨なんかより、ずっと。

——別に、そんな事どうだっていいけど。

こんな男の事なんてなんとも思っていないし。むしろつきまとわれて鬱陶《うっとう》しいと思っていた位だし。本命が別にいるとわかって嬉《うれ》しい位なのに。

——ぎしりと胸が軋《きし》んだ。

「コウ……？」

香雨がいた事に驚《おどろ》いたのだろう、迅が瞬《またた》く。

「そんな風に呼ぶなって言っただろ」

香雨は凜《りん》とした声を夜に響《ひび》かせた。涼《すず》やかな顔《かんばせ》をつんと反らし、迅を冷ややかに睨《ね》めつける。

香雨がいると知っても、迅は長竹を離《はな》そうとしない。悪びれない様子に怒《いか》りが募《つの》る。

どうやら迅にとって香雨は、取り繕《つくろ》う必要もない相手だったらしい。

「うちで何をしていたんだ、一体」

「それはこっちの台詞《せりふ》だ。おまえ一体なにやってるんだ？　風邪《かぜ》引いている弟ほったらかしにして」

「なに？」

迅の眉間《みけん》に皺《しわ》が寄った。

「佑斗の事か？　そんな非難を受けるいわれはないな。あいつだってもう十八歳だ。自分の面倒《めんどう》くらい自分で見られる。俺が外せない仕事を抱《かか》えていて、つきっきりで傍《そば》にいてやれないって事も理解している」

香雨は唇を引き結んだ。

わかってる。

これは大藪家の問題だ。迅と佑斗がお互《たが》いにそれでいいと思っているのなら、香雨がとやかく言う事ではない。

それに香雨が頭に来ているのは、本当は別の事。

くそ。

香雨は足早に迅の横を擦《す》り抜《ぬ》けようとした。だが蛇《へび》のように伸《の》びてきた迅の腕《うで》に阻《はば》まれる。

痛い程《ほど》きつく手首を握《にぎ》りしめられ、香雨はきっとなった。

「触《さわ》るな」

迅は憎《にく》らしいくらい落ち着いていた。

「待てよ、コウ。なにをいらだっている。折角会えたんだ、少し話を――」

かあっと頭に血が上った。話したい事など何もなかった。香雨は込み上げてきた衝動《しょうどう》のままに、迅の胃に膝《ひざ》を叩《たた》き込んだ。

おまえなんか嫌《きら》いだ。

また避《よ》けられるのだろうと頭のどこかで思っていたのだが、そうはならなかった。

「う……っ」

腹に膝がめり込む。迅の逞しい軀がくの字に曲がる。

初めて当たった攻撃《こうげき》に、香雨は喜ぶどころか狼狽《うろた》えた。迅の腹は鉄板のように硬《かた》かったが、それなりのダメージを与《あた》えられたのだろう、肩《かた》で息をしている。

ドキドキしながら香雨は激情に震《ふる》える声を迅にぶつけた。

「俺を何だと思ってんだ。他《ほか》に男がいるなら、好きとか言うんじゃねえよ」

ああ、何を言っているんだろうと言う端《はし》から香雨は思う。

これじゃ自分が迅を好きみたいじゃないか。

乱れた前髪《まえがみ》の奥から余裕《よゆう》のない瞳が見えた。

「違《ちが》う、コウ、誤解だ。他の男なんていない。あんた、だけ……」

途切《とぎ》れ途切れに吐き出された言葉が胸をえぐる。

嘘じゃないと訴《うった》えかける眼差《まなざ》しから、香雨は目を逸《そ》らせた。

おまえなんか、信じない。

＋　＋　＋

しとしとと雨が降っている。仕事を終え、ずぶ濡《ぬ》れになってアパートに帰り着いた香雨は、濡れた髪《かみ》を掻き上げ身を震わせた。

歩く度、コンクリートの床《ゆか》に黒々とした足跡《あしあと》が残る。

すっかり冷え切って震える指先で扉を開ける。家の中に入り鍵《かぎ》をかけると、香雨はほうと安《あん》堵《ど》の息を吐いた。

疲《つか》れた。

早くベッドに入りたい。

何もかも忘れてぐっすり眠《ねむ》りたい。

ポケットから携帯《けいたい》を取り出し、充電《じゅうでん》器に置く前に着信をチェックする。新着の通知はない。

言い訳メールが山程届くかと思いきや、大藪家からの帰宅途中に届いた一通のメールを最後に迅からの連絡《れんらく》は途絶《とだ》えた。メールも電話もない。誤魔化《ごまか》しが利《き》かないと悟《さと》って、口説くのを諦《あきら》めたらしい。

良かったと香雨は思う。しつこく付き纏《まと》われずに済んで本当に良かった。何となく胸の中が虚《うつ》ろになったような気がするが、もちろん気のせいに違いない。

手早く入浴を済ませると、香雨は早々にベッドに潜《もぐ》り込んだ。明かりを消して目を閉じる。眠れないかもしれない気がしていたが、予想に反し香雨はことりと眠りに落ちた。

闇《やみ》の中、あえかな声が聞こえる。

「あ——あ……っ」

ひどく甘やかなそれが自分の喉《のど》から発しているのに気がつき、香雨は小さく身じろいだ。

夢と現《うつつ》の間をさまよう香雨の肌《はだ》を、武骨な男の掌《てのひら》がまさぐっている。やけにあたたかなそれに感じやすい場所を愛撫《あいぶ》され、香雨は恍惚《こうこつ》とした溜息《ためいき》を漏《も》らした。

「ん……あ……」

——きもち、いい。

うっすらと瞼《まぶた》を開いてみるが視界はねっとりと濃《こ》い闇に覆《おお》われている。

見えない指先に両の胸の先を摘《つま》まれ、香雨は半分眠りながらも、悩《なや》ましげに眉根《まゆね》を寄せた。

女の子についているのとは違う、ちっぽけな突起《とっき》。

ここでも快感を覚える事ができるのだと、香雨は迅に触《ふ》れられて初めて知った。

そこを指先がいじり始める——。

「や、め……っ」

胸への愛撫で両手が塞《ふさ》がっている筈なのに、別の手が香雨の膝頭《ひざがしら》を捉《とら》えて割った。

大きく足を開かれた体勢の心許《こころもと》なさに、香雨は息を詰《つ》める。

肌に触れているのは男の掌だけ、香雨は何も着ていない。生まれたままの姿で、秘さねばならない場所を剝《む》き出しにしている。

ようやく状況《じょうきょう》を理解した香雨の体温が、一気にあがった。

「ちょ、待……っ」

無防備に晒《さら》された太股《ふともも》の内側、感じやすい皮膚《ひふ》の上を、男の掌がゆっくりと這《は》い始める。

焦《じ》れったくてたまらない。

もっと強くして欲しい。ううんそれよりも、まだ一度も触れられていないのにはしたなく勃《た》ち上がりかけている屹立《きつりつ》を慰《なぐさ》めて欲しい。

だが掌は肝心《かんじん》な所には触れないまま、やわやわと香雨を追い上げてゆく。真綿で首を絞《し》められているようだ——。

「ジン、やめ……っ」

たまらなくなって、香雨は頭を打ち振《ふ》った。

見えなくてもわかる。今香雨の軀《からだ》をもてあそんでいるのは迅だ。どこにどう触れれば香雨を狂《くる》わせる事ができるのか、この悪辣《あくらつ》な男はよく知っている。

名前を呼んだのに、迅は何も言わない。

怒《おこ》っているのだろうかと、香雨は不安になった。香雨が膝蹴《ひざげ》りを入れたりしたから、怒って、わざと焦らしているのかもしれない。きっと、ゲイではないと言い張る癖《くせ》に乱れる香雨の姿を見て、いたぶるつもりなのだ。

「ああ……」

きゅっと胸を抓《つね》り上げられる。また別の手が香雨の尻《しり》を摑《つか》み、ゆったりと揉《も》みしだく。捨て置かれる切なさに、充血《じゅうけつ》した香雨のペニスが震えた。何かがとろとろと幹を伝い落ちてゆく。

——さわってほしい。

新しい指が背中のくぼみを下へとなぞり、尻の狭間《はざま》まで下りてくる。入り口をからかうようにつつかれ、香雨はきゅっとつま先を丸めた。

怖《こわ》い。——けれど、それだけじゃない。

全神経がそこに集中する。太い指がつぷりと押し込まれてくる。軀の内側を暴《あば》かれる感覚に、香雨の呼吸が乱れた。

「あ……あ」

あの時と同じように、根本まで埋《う》め込まれ、香雨は弓なりに反りかえる。

指の腹で肉壁《にくへき》を探《さぐ》られ、香雨は息を潜《ひそ》め、待った。

以前奇妙《きみょう》な衝撃《しょうげき》を覚えた場所、そこを探し出されるのが怖くて――待ち遠しい。

「ジ、ン……」

ひそやかに香雨はささやく。核心《かくしん》を突《つ》いてくれない指に焦《じ》れ、陥落《かんらく》を告げる。

「お願いだ……」

次の瞬間《しゅんかん》、迅の指先が正確にそこにあてがわれたのを感じ、香雨は期待に胸を波打たせた。

ぐ、と圧がかかる。

ぶるりと全身を震わせた瞬間――目が覚めた。

香雨はしばらく呆然《ぼうぜん》と目を見開いて天井《てんじょう》を見つめていた。

心臓は早鐘《はやがね》のように脈打ち、下肢《かし》は熱を持っている。

おそるおそる伸《の》ばしてみた手に触れたそれは硬《かた》く張りつめていて――香雨は、うめいた。

あんな夢を見るなんて、どんだけ欲求不満なんだ、俺は。

迅が、いた。あちこちから伸びる手に追い立てられ、香雨は感じ入っていた。

焦《じ》らしに焦らされ、おかしくなりそうな程《ほど》の熱に浮《う》かされて――ねだった。

更《さら》なる快楽を。

淫靡《いんび》な悦《えつ》を。

迅を。

欲望《よくぼう》は目覚めた今も変わっていない。

——欲しい。

「——くそっ」

香雨は上掛《うわが》けを撥《は》ね除《の》けると、下着ごとジャージを引き下ろした。飛び出してきた自身を握《にぎ》り込み、いつものように上下にしごき始めるが何かが足りない。

少し悩んでから、香雨はそろそろとシャツの中に空いている方の手を差し入れた。乳首《ちくび》を摘んでみると、じんとそこが痺《しび》れるような気がする。

「ん……っ」

くにくにと指先を動かしながら、自らを慰める。すでに溢《あふ》れた露《つゆ》のせいで水音があがるのがひどく恥《は》ずかしい。

でも——まだ、足りない。

香雨は目を閉じた。やけに体温の高い、迅の掌の感触《かんしょく》を思い浮かべる。

「——んっ」

その途端《とたん》、また熱が上がった。

迅はすごく可愛《かわい》いと、香雨の耳元に囁《ささや》きかけ、羞恥《しゅうち》を煽《あお》った。

閉じようとする膝《ひざ》を無理矢理《むりやり》こじ開け、舐《な》め回すように見る。

火傷《やけど》しそうな程熱い視線に灼《や》かれ、香雨は脅《おび》えた。

見られている場所が、あつい。

「あ——く……っ」

ほら、ここ。感じるんだろう？

ペニスに鼻先を擦《こす》り付けられ、敏感《びんかん》な軀が跳《は》ねる。

いいならいいと教えろ。でないと食っちまうぞと脅《おど》される。

見せつけるように舌が伸ばされ、香雨のものを舐めた。横から軽く犬歯を立てられ、香雨はたまらず腰《こし》を震《ふる》わせる。

前回迅に与《あた》えられた、目もくらむような快楽が蘇《よみがえ》った。

「んっ——！」

軀の奥底から熱がせり上がってくる。香雨は夢中で己《おのれ》のモノを扱《しご》いた。

——イ、く。

白濁《はくだく》がぶちまけられ、下肢が痙攣《けいれん》する。

シーツに額を擦り付け、香雨は喘《あえ》いだ。

欲望はまだおさまらない。自分の手などでは満足できず、香雨は狂おしい程に希求した。迅が——迅に教え込まれたあの強烈《きょうれつ》な快楽が欲しい。

でももうあれは手に入らない。迅は、長竹のもの。

口惜《くや》しくて、もどかしくて、香雨は髪《かみ》を掻《か》き毟《むし》りたくなった。

どうしてあんな事があったのにこんな夢を見てしまうんだろう。

躯が、淋《さび》しい。

たった一度肌を重ねただけなのに、あの男が忘れられない。迅によって刻み込まれた快楽に、香雨の躯は餓《う》えている。

「——気持ちもないのにセックスしたいだなんて、まるで獣《けもの》だな」

つっぱねていたくせにあの男を欲《ほっ》している自分が滑稽《こっけい》だった。

迅はきっともう、香雨の事など忘れている。今頃《いまごろ》は長竹が迅をほしいままにしているに違《ちが》いない。

「はは」

本当に、何をやっているんだろう、俺は。

両手で顔を押さえ、香雨は自らを嘲笑《わら》った。

＋　＋　＋

厭《いや》なデジャ・ヴに香雨は足を止めた。

校門を出た途端近くに停《と》まっていた車がすうっと近づいてくる。メタルブルーのフレームの中に見えるのは——迅だ。

するすると開く窓から香雨は顔を背《そむ》けた。

窓枠《まどわく》に肘《ひじ》を乗せ、迅が顔を覗《のぞ》かせる。

「随分遅《ずいぶんおそ》くまで仕事をしているんだな、待ちくたびれたぜ、コウ」

香雨は迅を無視し歩き出した。迅は前回と同じようにのろのろと車を進め、香雨と並ぶ。

「もっと早く来たかったんだが、時間が取れなかった。携帯《けいたい》のアドレスも佑斗に消されてしまってな。——この間は、悪かった。長竹を連れて帰ったりしたから、不安になっちまったんだろう？」

香雨は反射的に違うと言いかけ、やめた。意地を張っても仕方がない。長竹がきっかけだった事は確かだ。

だが不安になどなっていない、と香雨は思う。香雨はただ——、ただ、なんだろう？

「最初に長竹に同業者を紹介《しょうかい》してしまえばよかったんだが、一度受けてしまった案件だ。片付くまでもう少しだけ我慢《がまん》してくれ。その代わり、長竹との個人的な接触《せっしょく》は極力断《た》つ。もう家に連れ帰ったりはしない」

真摯《しんし》な言葉に心が揺《ゆ》れた。

この男の心は、自分にあるように聞こえる。

「長竹って奴《やつ》と、何してきたんだ、あの夜」

我慢できずに尋《たず》ねると、迅が少し目元を緩《ゆる》めた。

「関係者を集めて行われた会合が荒《あ》れてな。長竹は酷《ひど》い事を言われて、ショックをうけていたんだ。友人として一人にするのが心配だった。もしコウが疑っているような気持ちがあるんなら、コウの前で腰を抱《だ》いたりなんかしない」

迷いつつ香雨は足を止めた。ブレーキを踏《ふ》みこみ、迅がにっと笑う。

「佑斗の様子を見に来てくれてありがとう。――飯、うまかったぜ」

――あ。

かあっと顔が熱くなった。

あんなへたくそな料理を、食べたのか。

恥ずかしくて消え入りたいような気分になる。

だが――ただそれだけではなかった。

別の感情が胸の内でもっと大きく膨《ふく》らんでゆく。

これは――嬉《うれ》しい？

ひどく頼《たよ》りない顔で立ち竦《すく》んでいる香雨に迅が手を伸ばす。指先が手の甲《こう》に触《ふ》れた瞬間《しゅんかん》香雨はひくりと軀《からだ》を震わせ、大きな瞳《ひとみ》を困惑《こんわく》に揺らした。

俺はこの男をどう思っているんだろう。

「乗れよ、コウ」

低い艶《つや》やかな声が香雨を誘《さそ》う。

ふらふらとついて行きそうになり、香雨ははっとした。

いけない、と思う。肌《はだ》がちりちりするような直感が訴《うった》えている。この男について行ったらのっぴきならない事になると。

きっと今求められたら、香雨には抗《こう》せない。

迅の指先が、軽くハンドルを叩《たた》く。

何か思いついたように頷《うなず》くと、迅は扉《とびら》を開いた。車から降りると立ち竦んでいた香雨の手首を捕《と》らえ、引く。

「え……ちょっ、何……？」

「いいから乗れ」

ぐるりと車を回り込んで助手席に押し込まれ、香雨は眉《まゆ》を吊《つ》り上げた。

「なんだよ、俺を拉致《らち》する気か？」

「違う。話がしたいだけだ」

扉を閉めると迅はまたボンネットを回り込み運転席に乗り込んだ。

どうしよう――逃《に》げた方がいいんだろうか。

一瞬《いっしゅん》の逡巡《しゅんじゅん》が香雨から車から降りるチャンスを奪《うば》う。迅がアクセルを踏み込み、車が滑《なめ》らかに動き出す。

大丈夫《だいじょうぶ》だ、拘束《こうそく》されている訳ではない。扉を開ければすぐ逃げられる。そう己に言い聞かせ、香雨はシートベルトを締《し》めた。

「自分でも何をしているんだろうと思うぜ」

車を走らせながら迅がちらりと香雨を盗《ぬす》み見る。

「あ？」

「落とせたと思っても、あんたは次に会った時にはまた毛を逆立てた猫《ねこ》のように俺の手を拒絶《きょぜつ》する。好きだと言っても全然信じてくれない。俺もまた——仕事で寝《ね》る間もないってのにあんたを追いかけるのを止められない」

「忙《いそが》しいんなら待ち伏《ぶ》せなんかすんなよ」

香雨が虚勢《きょせい》を張り優艶《ゆうえん》に唇《くちびる》の端《はし》を持ち上げると、迅は忌々《いまいま》しげに唸《うな》った。

「冷たい奴だな。なあコウ、いい加減俺のものになれよ」

「なに偉《えら》そうに命令してんだ」

「じゃあ土下座すれば付き合ってくれるか？」

「……言っただろ。俺はゲイじゃないんだ」

本当にそうなんだろうかと香雨は惑《まど》う。あんな夢を見たのに自分はゲイではないなどと言えるのだろうか。

車内に深い溜息《ためいき》が響《ひび》いた。

「力尽《ちからず》くでないとおまえは手に入れられないのか？」

その瞬間《しゅんかん》空気が変わったような気がして、香雨は息を詰《つ》めた。

隣《となり》に血に飢《う》えた獣がいる。

香雨の中で、何かがそう叫《さけ》んでいる。

神経がぴんと張りつめる。心臓が鼓動《こどう》を速め、全身の筋肉に血を送り込む。

いつの間にか車は住宅地を抜《ぬ》け、海に近い埋《う》め立て地に入っていた。人気《ひとけ》のない工場や空き地が窓の外を流れてゆく。広い通りには車の一台も走っていない。それなのに信号はちゃんとあって、黄色から赤へと色を変えた。

車が停まる。

隣でシートベルトが外される音がした。空気が揺れ、何かとても危険な気配が近づいてくる——。

肉を打つ小さな音があがった。

我慢できず振《ふ》り上げた手首が捕らえられる。

「や……っ」

すぐ目の前に迅の顔が迫《せま》っているが、狭《せま》い車内に逃げ場などない。

迅が我が物顔でくちづけてくる。舌をねじ込まれ、蹂躙《じゅうりん》される。

迅がレバーを引いたのだろう、がくんとシートが倒《たお》れた。ゆとりのできた空間に迅が侵入《しんにゅう》し、乗り上がってくる——。

「ん——ん……っ」

息が、できない。

心臓が壊《こわ》れそうだ。

大きな掌《てのひら》に股間《こかん》を捕《つか》まれ、香雨の足がびくんと跳《は》ねる。焦《じ》らすようにソコを揉《も》まれ、香雨の軀が固まった。

熱が下腹に集まる。まるで、そうされるのを待っていたかのように——。

「早いな。もう硬《かた》くなってきた」

「いや、だ……」

香雨は顔を背《そむ》けた。触れられ、簡単に感じてしまう自分が恥《は》ずかしい。迅が手早く香雨の前をくつろげようとする。手が自由になったのに気づき、香雨はロックを探《さぐ》った。

小さな音を立て、扉が開く。追いすがる手を払《はら》い、香雨はアスファルトの上へと転がり出た。

「い、て……っ」

逃げなければと思うが、腰《こし》が立たない。すぐに反対側の扉が開く音がして、車を回り込み迅が現れた。へたりこんでいる香雨を見つけ、ほっとしたように目元を緩める。

どこか不穏《ふおん》なものを湛《たた》えた迅の笑《え》みに、香雨は竦みあがった。

すぐ横にしゃがみ込み、迅が香雨の顎《あご》を指一本ですくう。

「好きだぜ、コウ」

そうして唇を奪われた。肉厚な舌に上顎《うわあご》の裏を舐《な》め上げられ、香雨は目眩《めまい》を覚える。

モッズコートの前が開けられ、袖《そで》は通したまま肩《かた》だけ抜かれた。香雨はその下にボタンダウンのシャツしか着ていない。

「俺のものになれ」

伸《の》びてくる迅の手から上半身が逃げる。扉が開いたままの車のフレームに肩胛骨《けんこうこつ》が当たり後退が止まると、迅は香雨の胸元《むなもと》に掌を置いた。ぷつりと布を持ち上げている柔《やわ》らかな粒《つぶ》を見つけ、服越《ご》しに指で摘《つま》む。

「……ふっ」

どうして抵抗《ていこう》しないのか、自分でも不思議だった。蹴《け》って殴《なぐ》って逃げ出せばいいのに、腰が熱くて軀に力が入らない。まるで熱に浮《う》かされているかのように頭がぼうっとして、――欲《ほっ》してしまう。

なにを？

――迅をだ。

「一度で覚えてしまったようだな、コウ。ここ――感じているんだろう？」

「んっ」

きゅ、と乳首《ちくび》を指先でつぶされ、香雨は唇を震《ふる》わせた。何も感じなかった筈《はず》のそこが、迅にいじめられる度、じいんと疼《うず》く。

舌なめずりすると迅は香雨の胸元に顔を寄せた。芯《しん》を持ち始めた乳首に歯を立てられ、香雨は小さな声を漏《も》らす。

「あ……っ」

「コウはいつもアンダーシャツを着ていないのか？」

シートに頭をもたせかけ、香雨は喘《あえ》いだ。

「今日は、暑かったから——それに、いつも白衣を着ているし——」

「いけないな。ちゃんと着ないと、ほら、透《す》けている」

迅が顔を上げると、濡《ぬ》れた生地《きじ》の下に薄紅《うすべに》が透けているのが見えた。

たかが——男の——胸だ。そう思うのにひどく恥ずかしくて、香雨は頬《ほお》を染める。

「それはおまえが、舐めたから、だろ」

「俺のせいか？」

くすりと迅が笑う。

小さいなりにしこっているそれを熱く濡れた舌で転がされるとひどく気持ちがよくて、香雨は拳《こぶし》で口元を押さえた。

迅が言った通りだ。香雨の躯《からだ》は覚えてしまっている。女の子とのセックスでは得られない快楽を。

「あ、あ。あ、あ——や——」

シャツの裾《すそ》が引っ張り出され、やけに熱く感じられる掌が滑《すべ》り込んでくる。直接きゅうきゅうと胸を責められ、香雨はのけぞった。

もっとして欲しい。

ズボンの前が、きつい。

「驚《おどろ》いたな。やっぱりあんた向いているんだこっちに。ほらもうこんなになっている」

硬《かた》さを確かめるように膝《ひざ》で股間を押され、香雨はわなないた。迅が胸をいじるのをやめ、香雨を肩に縋《すが》らせる。

「苦しいだろう。下、脱《ぬ》いじまえ」

「冗談《じょうだん》言うな。こんな所で——」

いくら往来が少なくてもここは公道だ。誰《だれ》がいつ通りかかるかわからない。頭上にはちょうど街灯がそびえ、香雨たちを照らし出している。

「大丈夫《だいじょうぶ》だ。誰も来やしない」

だが迅は香雨の腰が浮くと、強引《ごういん》にズボンを引き下ろした。下肢《かし》を剥《む》き出しにさせ、立ち上がる。一緒《いっしょ》に引きずり立たされ、香雨は狼狽《ろうばい》した。

「ジン――」

「いいから立ってろ。舐めてやる」

舐めて――？

何を言われているのか理解した途端《とたん》、かあっと軀が熱くなった。

「う、嘘《うそ》……っ」

「いい格好だぜ、コウ」

香雨を車のボディに寄りかからせ、迅が膝をつく。

車は道の端《はし》に停《と》まっているし、香雨はまだモッズコートを着ている。もしかしたら誰か車で通り過ぎても気づかれないかもしれない。

だが香雨の下肢は剝き出しになっていて、足下《あしもと》には迅が跪《ひざまず》いていて――。

「あ……」

ぐっと尻《しり》を摑《つか》まれ、香雨は白い喉《のど》を反らした。爪《つめ》が窓ガラスの上を滑る。硬くなり始めていたペニスがひどくあたたかなもので包まれる。

「はあ……っ、あ、だ……め……っ」

迅が香雨のあさましい欲望《よくぼう》を愛撫《あいぶ》し始める。ねっとりと舐め上げられ、舌先でちろちろとつつかれて、巧《たく》みな舌使いに、香雨はのけぞった。

膝が震える。足にうまく力が入らない。

——駄目《だめ》だ——。やっぱりこいつ、巧《うま》すぎる——。

「あ、ン……や……っ」

迅は香雨を責め立てながら、上目遣《うわめづか》いにじいっと香雨の顔を見つめている。

強い視線にいやおうもなく自分がどんなに淫《みだ》らな姿を晒《さら》しているのか自覚させられ、香雨は唇《くちびる》を噛《か》んだ。

香雨をしゃぶりながら迅が小さなチューブを取り出す。片手でジェルを搾《しぼ》りだし、にちゃりと音を立て握《にぎ》りこむ。

「今日は俺を——」

迅は一度顔を上げると、ぬらぬらと光る掌を香雨に示した。それから見せつけるようにゆっくりと香雨の足の間に忍《しの》ばせる。

ぬるりと秘孔《ひこう》を撫《な》でられ、香雨は唾《つば》を飲み込んだ。

「ここに、入れる」

今度こそどうなってしまうかわからない予感に香雨は脅《おび》えた。

「や、やめろ」

「やめろ？　本当にやめて欲しいと思ってるのか？——そんな事はないだろう？」

「あ——……」

躯の内側に迅の節くれ立った指が入ってくる。何とも言えない感覚に、香雨は眉根《まゆね》を寄せた。

不快な異物感に、凌辱《りょうじょく》されているのだと感じる。

こんな事、俺は望んでない。

——望んでない？　本当に？

周到《しゅうとう》に濡らされたそれは、何の抵抗もなく付け根まで収まるとしばらくじっとしていたが、やがて動き始めた。

どこをどうすればいいのかわかっているのだろう、以前香雨がひどく脅えた場所をすぐさま見つけだし、刺激《しげき》し始める。

「あ、あ、あ……っ」

言葉もなく、香雨は喘いだ。

のけぞった香雨のペニスがまた濡れた淫猥《いんわい》な感触《かんしょく》に包まれる。

あ——まずい——。

迅の舌技はやはり絶妙《ぜつみょう》で、香雨は今にも崩《くず》れ落ちそうになった。

発情した軀はどこもかしこも鋭敏《えいびん》さを増し、屹立《きつりつ》した胸の先端《せんたん》がシャツに擦《こす》れるのにすら感じてしまう。

「ん……っ」

後ろに突《つ》き入れられる指が増やされる。

倍になった太さがきついが、その分迅の愛撫は巧妙《こうみょう》さを増している。あの不可思議な感覚を与《あた》える場所をいじって気を逸《そ》らされ、香雨は頭《かぶり》を振《ふ》った。

――もう、いやだ……。

ギリギリまで張り詰《つ》めているのに、なかなかイけない。もどかしくて腰《こし》をよじると、さらに指が増やされた。

苦しくて、切なくて。

無意識に言葉がこぼれる。

「ああ、ジン、――ねが……っ」

香雨の両手が迅の髪《かみ》を掴む。

育ちきった自身がずるりと迅の口から抜《ぬ》き出された。

「コウ？」

「早く、て……っ！」

早く、して。なんでもいい、俺を満足させて。

すうっと迅の目が細められた。

「……こっちへ来い」

乱暴に引っ立てられ、元々半分肩《かた》からずり落ちていたモッズコートが地面へと落ちる。

車の前でボンネットに両手を突かされ、香雨は肩越《かたご》しに迅を振り返った。

「ジン……？」

「しー」

腰を掴まれる。後ろに何かがぐっと押し当てられて——。

「あ……っ」

ひどく硬《かた》くて、太いものがねじ込まれる感覚に、香雨はぎょっとした。

無理矢理《むりやり》押し拓《ひら》かれる痛みに逃《に》げようとするが、肩を掴まれ押さえつけられる。

「い……た……」

荒々《あらあら》しい息づかいが聞こえる。後ろからうなじを強く吸われ、ちりりと痛みが走った。

腹の奥まで串刺《くしざ》しにされ、香雨はボンネットを掻《か》き毟《むし》る。

「コウ……」

ずちゅ、と濡《ぬ》れた音がする。内臓を圧迫《あっぱく》していたものがゆっくりと入り口近くまで引き抜かれる。

それからまたずん、と突き上げられ、香雨はようやく気づいた。

俺、迅に貫かれてる？

躯《からだ》の中で熱く脈打っているのは、怒張《どちょう》した迅のペニスなのか？

俺、今、誰に見られるかも知れない場所で、迅に抱《だ》かれている——？

そう理解した途端、かあっと熱が上がった。

「コウ……、コウ……っ」

譫言《うわごと》のように香雨の名前を呼びながら、迅が香雨を揺《ゆ》さぶり始める。

「あ……そんな、激しく、すんな……っ」

迅の動きはダイナミックだった。筋力があるからだろう、荒々しく香雨を突き上げ、翻弄《ほんろう》する。獣《けもの》じみた息づかいと気遣《きづか》いなど見えない激しさが、迅がこの行為《こうい》に夢中になっているのだと香雨に教えた。

躯の中にある迅はひどく硬く、大きい。それだけ香雨を欲《ほっ》しているのだ。

「はあ……っはあ……、コウ、……っ」

気持ちよさそうな声に、ぞくぞくする。痛くてたまらないのに、自分より強い雄《おす》に組み伏《ふ》せられ一方的に貪《むさぼ》られる事に、香雨は奇妙《きみょう》な喜悦《きえつ》を覚えた。

俺、迅に、腹の中まで支配されている——。

激しい動きに耐《た》えられず、香雨は肘《ひじ》を折りボンネットに突っ伏《ぷ》す。

ふとどんな顔をしているのか見たくなり肩越しに振り返ると、迅は夢中で香雨を穿《うが》っていた。眉間《みけん》に皺《しわ》を寄せ、額に汗《あせ》を光らせている迅は、凄《すさ》まじい雄の色気を放っている。

憑《つ》かれたような光を放つ目と目が合った。

あ——。

不意に腰の動きが止まり、肌《はだ》に食い込んでいた指が緩《ゆる》んだ。

「す——まん、コウ。あんまりイイから、つい夢中に——。悪い、いきなりガツガツヤられて苦しかったろう？」

「――う」

腰をさすられ、香雨はわなないた。きゅ、と内部が引き絞《しぼ》られる。

迅が低いうめき声をあげた。

「……っ。くそ、なんて……」

大きく息を吸って、吐《は》く。

少し落ち着くと、迅はいたわるように香雨の尻《しり》を撫でた。

「今度はゆっくり、な……」

抽挿《ちゅうそう》が再開される。肉壁《にくへき》を太いモノでゆっくりと擦《こす》り上げられ、香雨は震《ふる》える溜息《ためいき》をついた。

先刻まで激しくいたぶられていたせいで慣れてしまったのか、もう痛みは感じない。それどころか――。

「――う――」

指でいじられて、つらかった場所。そこに迅のモノがあたると、腰に力が入った。

「そんなに締《し》め付けるな、コウ」

「そこ、いやだ――」

「ん？　いやなのか？　どこだ。ここか？」

またぐ、と押され、踵《かかと》が浮いた。

「——あ、や……」

「大丈夫《だいじょうぶ》だ」

少し腰を引くと、迅は先端部をそこにあててきた。小刻みに揺すられると、不可思議な痺《しび》れが軀の中に広がる。

「すごいな、コウ。中がびくびくして——」

そう言って迅が腰を摑《つか》んだ時だった。角度が変わったモノにそこを刺激され——香雨はのけぞった。

「ひ、あ——っ」

頭の中で、何かが破裂《はれつ》する。それまで妙《みょう》な感じがするとしか思わなかった感覚が、突然《とつぜん》快楽へと変換《へんかん》される。

「コウ?」

「ああ、いやだ。そこ、本当にやめ——」

最後まで言う事すらできなかった。

どうしよう、気持ちいい。

迅がほんの少し動いただけで、軀がわななく。

入ってしまったスイッチが切れない。

ボンネットに伏せ、香雨は快楽をこらえようとする。

でも、できなかった。

迅がゆっくりとまた腰《こし》を動かし始めたせいだ。

「あ……」

迅が動く度、イイ場所が刺激されてしまい、香雨は震える。

後ろから回された手が、とろとろと蜜《みつ》をこぼしている陰茎《いんけい》を包み込んだ。

「あ……あ……」

「すごいな。初めてなのに、こんなに――」

迅が腰の動きを速める。

突《つ》き上げてくる快感に、香雨は何も考えられなくなってしまった。

前も一緒《いっしょ》にしごかれて、視界が真っ白に染まって――気がついたら香雨はびくびくと震えながら精を放っていた。

――ヤバい、気が遠くなる――。

ずるずる崩《くず》れる軀を、迅の力強い腕《うで》が抱《だ》き留《と》める。そのまま抱《かか》え上げられ、助手席に座らされる間、香雨は人形のように大人しくしていた。

迅がティッシュで後始末してくれようとした途端《とたん》、突然目覚めたかのようにぴくりと震え、身を引く。

「触《さわ》るな。自分でする」

かすれた声で宣言すると迅はひるんだ。だが香雨には迅に気を遣《つか》う余裕《よゆう》などない。もうセックスは終わったというのに、熱が冷めない。いやらしい意図などないとわかっているのに、触《ふ》れられただけで肌がぴりぴり反応する。

混乱している香雨は迅の手の中からティッシュを奪《うば》うと、無言で足に付いた汚《よご》れを拭《ふ》いた。

幸運にも一度も車が通りかかる事はなく、行為は誰《だれ》にも見咎《みとが》められずに済んだ。迅が手渡《てわた》す服を手早く着込み、香雨は扉《とびら》を閉める。

「あー、大丈夫、か？　その、傷ついてはいないみたいだが、もしまだひどく痛んだりするようだったら――」

心配し声をかけてくる迅から、香雨は目を逸《そ》らせる。

恥《は》ずかしくて、なんて返事をしたらいいのかわからない。そんな仕草がよそよそしく見えたのだろう、迅は口を閉じ、エンジンをかけた。

人の気配が全くない、無機質な景色が窓の外を流れてゆく。

嚙《か》み締めるように香雨は思う。

迅に、抱かれた。

いい男ではあるが、同性との行為などとんでもないと思っていたのにどうして許してしまったのか、自分で自分が理解できない。

だが何の嫌悪感《けんおかん》もなかったし、この男に征服《せいふく》されるのは当然のような気すらした。

腕力《わんりょく》で敵《かな》わなかったからだろうか。順位が低い猿が強い猿《さる》にマウンティングを許すように、香雨はこの男に従わねばならないと無意識に思ってしまったのだろうか。

――バカバカしい。俺は猿ではない。

ではどうしてと考えても答えは出ず、香雨は黙《だま》りこくる。

鬱《ふさ》ぎ込む香雨が気になるのだろう、迅が度々《たびたび》話しかけてきたが、香雨が返事をしないでいるとやがて諦《あきら》め、車内には気まずい沈黙《ちんもく》が垂れ込めた。

＋　＋　＋

なんかさー、今日の槇先生、いつにも増して色っぽくね？

迅と最後の一線を越《こ》えてしまってからいつもより粘度《ねんど》を上げまとわりついてくる生徒たちの視線に香雨は閉口していた。

トイレに入ったついでにコンクリートの洗い場に手を突き、鏡に顔を近づける。

美術室に一番近いトイレに他《ほか》に人はいない。香雨は誰憚《だれはばか》る事なく己《おのれ》の顔を観察する。

いつもと同じ、男らしくない顔立ちに、冴《さ》えない顔色。生徒たちがなにを指して色っぽいと言っているのか、香雨にはやはり理解できない。

香雨は溜息をつくと背筋を伸《の》ばした。

今度はポケットに入っている携帯《けいたい》電話を服の上からなぞる。メールの受信ボックスには迅からのメールが入っていた。

体調を気遣《きづか》う優《やさ》しい内容だ。香雨が返事をしないせいで三通も送られてきている。いいかげん返事をすべきなのだが、気遣いに礼を述べるべきなのか、原因となった行為《こうい》について怒《おこ》るべきなのか香雨は決めあぐねていた。

蛇口《じゃぐち》を捻《ひね》り、顔を洗う。

ポケットに入っている筈《はず》のハンカチを探しながら鏡の中に目を遣《や》ると、佑斗がいた。

「うわ、びっくりした」

香雨の背後に立ち、不機嫌《ふきげん》な顔で香雨を睨《にら》み据《す》えている。背後霊《はいごれい》みたいだと思いながら水気を拭《ぬぐ》っていると、佑斗はいきなり白衣の背中を引っ張ってきた。

「センセー、ちょっと来て」

廊下《ろうか》へと香雨を引きずりだす。

すでに授業が始まっている時刻である。誰もいない廊下に、乱れた足音が響《ひび》いた。

「行くってどこへだ？　おまえ次は空き時間なのか？」

突然の強引《ごういん》な行為に驚《おどろ》き、思わず抵抗《ていこう》しようとする香雨を、佑斗が勢いよく振《ふ》り返った。

「いいから来いっつってんだよ!」

頭ごなしに怒鳴《どな》りつけられ、香雨は大きな瞳《ひとみ》を瞬《またた》かせた。

なにを怒っているんだろう?

佑斗は非常階段に抜《ぬ》け、屋上へと上がってゆく。途中《とちゅう》で白衣を持つのはやめ、香雨の手首を摑んだ。怒《いか》りに我を忘れているのか、きつく握《にぎ》り込まれた手首が痛い。

屋上にも人影《ひとかげ》はなかった。

長細いスペースを横切り金網《かなあみ》の前で立ち止まると、佑斗はようやく足を止め手を放した。赤くなった手首をさすりながら、香雨は不機嫌に唇《くちびる》を引き結んだ生徒と向かい合う。

「なんだよ、こんな所に連れてきて」

香雨の問いに佑斗は偉《えら》そうに顎《あご》を反らせた。

「センセーさあ、一体何してんの」

「何って、なにが?」

「面倒《めんどう》くさいから直球で聞くけど、先生、アニキとしたんだろ?」

本当に直球で攻《せ》められ、香雨は思わずこれまでずっと馬鹿《ばか》の一つ覚えのように繰《く》り返してきた言葉を唇に乗せた。

「なに言ってんだ。俺はゲイじゃない」

いきなり佑斗が金網に蹴《け》りを入れた。がしゃんという荒々《あらあら》しい音に香雨は思わず首を竦《すく》める。

「俺、センセーの事好きだけど、いいかげん腹立ってきた。男同士だからだめ？　今更《いまさら》それを言うのかよ。じゃあセンセー、ソレ、誰につけられたんだよ！」

佑斗が自分のうなじを指し示した。

香雨は訳がわからないまま手を自分の首の後ろに当ててみる。

「ここ？　なにがあるんだ？」

「キスマークがついてる」

「えっ⁉」

首の付け根の骨に載《の》っていた指先がぶれた。

そういえば行為の最中、迅がきつく吸っていたような気がする。あの時に所有印を残されてしまったのだろう。後で迅にきつく抗議《こうぎ》をしなければと心の片隅《かたすみ》にメモった所で香雨ははっとした。

佑斗がじいっと香雨の反応を観察している。

「あーその、はは、違《ちが》うだろ。きっと虫さされだ。キスマークなんて」

「誤魔化《ごまか》すな。センセーさあ、アニキを弄《もてあそ》んだのか？」

「…………はあ？……なんでそんな風に思ったんだ？」

あっけにとられている香雨に、佑斗は捲《まく》し立てた。

「この間夜遅《おそ》く帰って来てから、アニキの様子がおかしい。やたら落ち込んでるし、携帯《けいたい》見ながら溜息《ためいき》ばっかついているし、生命力の塊《かたまり》みたいな男なのに飯もあんま食わねーし、なんかちらっちらっと俺の様子窺《うかが》ってくんだよ。——あれは先生の事を聞きたいのを我慢《がまん》してんだと思うんだよな」

「え、本当に……？」

迅が送ってきたメールは思いやりに満ちていたが、そんな動揺《どうよう》は窺えなかった。格好をつけて隠《かく》しているのだろうか。あの偉そうな男が？

「うちのアニキはああ見えて、繊細《せんさい》なんだよ。なあセンセー、アニキが何か気に障《さわ》る事したり言ったりしたんなら、俺が代わりに謝る。アニキにもよーく言っておくから、仲直りしてやってよ。すげえ尊大で粗忽《そこつ》だけど、アニキは悪い奴《やつ》じゃねーんだ。あ、そーだ、前見せた画像な、アレも気にする必要ねーからな」

「ああ？」

香雨は眉間《みけん》に皺《しわ》を寄せた。画像というのは、迅の歴代の恋人《こいびと》画像の事だろうか。

「確かにアニキ、昔はすごかったけどさ。事務所開いてからは忙《いそが》しくてずっと独り身だったみてえ。今は多分センセー一筋だぜ。センセーのアドレス消したら、マジギレしたし」

本当に、そうなのだろうか。

「なんでおまえにそんな事がわかるんだよ」

「アニキ、すげえオープンだもん。親にも何年も前にカムアウトしているし——その時はまあ色々大変だったみたいだけど——新しい恋人ができると教えてくれる。それ以前に態度でわかるしな」

「わかんのか？」

「うん。テンション上がって、いつも以上に傍若無人《ぼうじゃくぶじん》になる」

テンションが上がっている……？　次々と暴露《ばくろ》される意外すぎる迅の姿に、香雨は戸惑《とまど》っていた。佑斗の態度も不可解だ。

「でもなんでおまえが仲を取り持とうとしてんだ？　ライバルだったんじゃなかったのか？」

「そうだったけど、しょーがねーじゃん。センセー、アニキの事好きなんだろ？」

いや好きじゃないと香雨はずっと言っている。なのになぜ佑斗がそう思ったのかが、香雨にはまるでわからない。

「え？　だってアニキにコナかけられてアニキを好きにならなかった奴なんて、今までいねーし、それにセンセー、アニキの話が出る度恋《こい》する乙女《おとめ》のようなリアクションするじゃん。あんなの見せられたら、誰《だれ》だって望みがないってわかるよ。なんかアニキも本気みたいだし、なら他のどーでもいー奴にセンセーを取られるよりは、アニキに幸せになって欲しいかなって思ったの、俺は」

「……恋する乙女って誰の事だ？」

「センセーの事だよ！　センセー、わかりやすいんだよ！」

香雨は唇を引き結んだ。

納得《なっとく》がいかない。自分は恋なんてしていない——筈だ。多分。

「センセー、アニキの事好きだろ？」

香雨は眉《まゆ》を顰《ひそ》めると、金網に寄りかかった。緩《ゆる》い風に白衣がふわりと広がる。

「さあ、どうだろう。よくわからない」

好意を抱《いだ》いているのは自覚しているが、ただ単にあの男の軀《からだ》に溺《おぼ》れているのではないかという気がする。

「あ、でも、おまえのお兄さんの強さにはくらっとキてるかも。俺、今まで喧嘩《けんか》で負けた事、なかったんだよな。なのにおまえのお兄さんには何度拳《こぶし》を交えても勝てなかった」

全身にアドレナリンが駆《か》けめぐった瞬間《しゅんかん》を思い返しうっとりと目を細める香雨に、佑斗は脱《だつ》力《りょく》してその場にしゃがみ込んだ。

「……なんかセンセーって野生動物みたいだよな。本能が全《すべ》てって感じ。でもそういやセンセー、強い男が好きって言ってたもんな」

好きは好きだが、佑斗が言っている意味とは違うと香雨は思う。

確かに迅はとびきり強くて美しい、虎《とら》のような男だ。精神的にも強靭《きょうじん》で、香雨の理想そのものと言える。

危険な男だとわかっているのに、傍《そば》にいると気分が昂揚《こうよう》する。落ち込んでいると聞けば、気になって落ち着かない。

ん？　と香雨は首をひねる。

これって——単なる『好き』か？

しなやかな軀がふらりとよろめく。香雨は金網に寄りかかり、急に熱くなってきた頬《ほお》を両手で押さえる。

——待て。待て待て。

「センセー？」

そんなの変だ、と思う。納得がいかない。

どうして自分が迅を好きになるんだ？　初対面で腰《こし》に触《さわ》ってくるような無礼な男だぞ？

加賀山に乱暴されそうになった所を颯爽《さっそう》と助けてくれた事もあったが、それとてストーカーじみた行為《こうい》の末だ。

初めて肌《はだ》を重ねた時も決して合意の上ではなかった。確かに香雨は死に物狂《ものぐる》いで抵抗《ていこう》したりはしなかったし、与《あた》えられる快楽に酔《よ》ってあんな事やこんな事にまで応じてしまったが——断じて望んでした訳ではない。

まあ、本当に厭《いや》な事や痛い事は何一つされなかったし、強烈《きょうれつ》な快楽のおかげで加賀山に与えられた恐怖《きょうふ》を忘れる事ができたが。

弟思いの、意外に真面目《まじめ》な奴ではあるが。

好きだと言われて、ときめいてしまったような気もするが。

佑斗の話を聞いて、カワイイと思ってしまったりしているが。

……あれ？

ずるずると視界が下がってゆく。

急に真っ赤になりしゃがみ込んでしまった香雨を、佑斗が心配そうに覗《のぞ》き込んだ。

「おい、大丈夫《だいじょうぶ》か？」

「あー、まあ、なんとか……」

ヤバい。顔が、熱い。

「なあセンセー、ナニがあったのか知んないけど、アニキの事、許してやって。アニキ、センセーのメールずっと待ってんだ。哀《あわ》れと思って連絡《れんらく》してやってくれよ」

顔を伏《ふ》せたまま、香雨は適当に頷《うなず》いた。

「あー……連絡は、する」

「さんきゅ！」

嬉《うれ》しそうに言うなり佑斗が香雨の軀にぎゅうっと抱きついた。いきなりの暴挙に香雨は憮然《ぶぜん》とする。

「おいこら、何してんだおまえは」

耳元で、佑斗が小さな声で呟《つぶや》いた。

「アニキの事、大事にしてくれよな」

——大藪家の兄弟は、本当によく似ている。どちらも繊細で、すごくいい男だ。

抱きついてきた時と同じく、佑斗は唐突《とうとつ》に立ち上がった。気恥《きは》ずかしいのかそそくさと背を向け、非常階段へと消えてゆく。

香雨は佑斗の姿が消えてから、のろのろと立ち上がった。ポケットから携帯を取り出し、二つ折りの本体を開く。モニタには迅からのメッセージが表示されていた。

『おはよう。

体調はどうだ。何かあったらいつでも連絡をくれ。足代わりに呼びつけてくれても構わない。

……あの夜は、無茶《むちゃ》な真似《まね》をしてすまなかった。

俺はまるで獣《けもの》だな。大切なものを守りたいなんて偉《えら》そうな事を口にしながら、欲《よく》に勝てなかった。

あの夜の事を思う度、複雑な気分になる。酷《ひど》い事をしたと後悔《こうかい》するのと同時に、香雨を手に入れられた歓喜《かんき》を思い出してしまうせいだ。

——香雨が、好きだ。

今更《いまさら》どんな言葉を尽《つ》くした所で取り返しがつく事ではないが、償《つぐな》うチャンスが欲しい。

週末に少し時間を作ってもらえるとありがたいんだが、どうだ』

好きなのかもしれないと気づいてしまった今、文面を見ると、きゅんと胸の鼓動《こどう》が高まる。

迅は香雨が無理矢理《むりやり》な行為に怒《おこ》っているのだと思っている。だが違《ちが》う。香雨が認めようとしなかっただけで、あれは合意の上でのセックスだった。

香雨は今度こそ返信しようと、作成ボタンを押した。文面を打ち込もうと、キーの上で指を彷徨《さまよ》わせる。

〝心配してくれてありがとう〟と打ってみるが、なんだか恥ずかしくなって消してしまった。そんなしおらしい文章は自分らしくない。

〝へーきだ。心配すんな〟じゃそっけなさすぎる気がする。

金網《かなあみ》に寄りかかり、香雨は思い悩《なや》む。

一体なんと返信したらいいんだろう？

メールの文章なんてそんな真剣《しんけん》に考えた事がない。とりあえず思いついた文を打ち込んでみては、何か違うと消してゆく。あれこれと打ってみているうちに、だんだん訳がわからなくなってきた。

やがて授業の区切りを知らせるベルが鳴り始める。次の時間は授業がある。美術室へ戻《もど》らねばならない。

香雨はひとまず携帯《けいたい》をポケットに押し込んだ。

メールの返信は授業が終わってからゆっくり考えればいい。間を空ければきっと頭が冷えてまともな文章を打てるようになるだろう。

そう期待して、香雨は仕事に戻ったのだが。

＋　＋　＋

翌朝、ベッドの上にむっくり起きあがった香雨は、寝不足《ねぶそく》なのが一目でわかる酷い顔色をしていた。

枕《まくら》の横には充電《じゅうでん》コードが差し込まれた携帯電話が置いてある。

昨夜は夜中近くまで文章を打っては消しを繰《く》り返していた。途中《とちゅう》でバッテリーが切れ、眠《ねむ》い目を擦《こす》り擦りコードを探し出す為《ため》立ちあがって、香雨はふと我に返った。

たかがメール一通の為にいつまでも何をしているんだ、俺は。

メールの文章が冷たかろうと思わせぶりだろうと、どうでもいいじゃないか。

なんだか馬鹿馬鹿《ばかばか》しくなりそのままふて寝《ね》してしまったので、まだメールの返信はできていない。今日はもう土曜日、いい加減返信をせねばと思いながら顔を洗い、香雨はジーンズのポケットにフル充電した携帯と財布《さいふ》をつっこんだ。昼までに絶対に返信しよう。そう心の中で決め、タイトなシルエットのジャケットをひっかけ外に出る。

気分転換《てんかん》を兼《か》ね、外で朝食をとりつつメールを打ってしまうつもりだった。

いつもは利用しない少し離《はな》れた駅まで、散歩がてら歩いてゆく。小さな商店街しかない最寄《もよ》り駅とは違って、若者に人気のある駅の周辺にはこじゃれた店が並んでいる。

どの店に入ろうか考えながら歩いていた香雨は見覚えのあるロゴを発見し、足を止めた。

白地に褪《あ》せたブルー。

確か大藪家で見たパンの袋《ふくろ》にこのロゴが印刷されていた。ここが佑斗のお気に入りのパン屋なのだろう。

白く塗《ぬ》られた木のテーブルと水色の椅子《いす》が並ぶ店内は、観葉植物の小鉢《こばち》で飾《かざ》られ可愛《かわい》らしい雰囲気《ふんいき》だった。カフェのようだがレジの横には焼きたてのパンが数種類並んでいる。看板に貼《は》られた雑誌の切り抜《ぬ》きによると、「パンがとてもおいしいカフェ」だと評判らしい。

佑斗はパンの味にうるさかった。その佑斗がお気に入りだという事はさぞかしおいしいパンが食べられるに違いない。

香雨は店に入ると通りがよく見えるテラス席を選び、卵料理とパンがセットになったプレートを注文した。運ばれてきた水に手を伸《の》ばそうとしたところでジーンズのポケットに押し込まれていた携帯が震《ふる》えだす。

「――――うわ、どうしよ。また来た……」

四通目のメールだ。

『おはよう。昨夜は珍《めずら》しく佑斗が料理をしてくれて、ゆっくり夕食を楽しめた。本人は隠《かく》せているつもりでいるが、あいつはわかりやすい。何かあんたを困らせる事をしたんじゃないかと俺は疑っているんだが、間違《まちが》っているか?』

香雨はくすりと笑った。

佑斗の話ではいつまで経《た》っても返事を寄越《よこ》さない香雨に焦《じ》れているようだったが、明快な文章に変化はない。

『佑斗の話では変わりないようだが、あれから一度も顔を見ていないので心配だ。躯《からだ》はつらくないか?

午後は久しぶりに休みを取れたのでのんびり過ごすつもりだ。可能なら少し時間をくれ。コウに、会いたい』

「はは、会いたいだって……」

気恥《きは》ずかしい気持ちを嚙《か》みしめながら、香雨はテーブルに頰杖《ほおづえ》をつき携帯を見つめた。

会おう。こんな中途半端《ちゅうとはんぱ》な状態でやきもきしているのは性に合わない。

正直同性と付き合うのにはまだ抵抗《ていこう》を感じなくもない。だがこのまま会わないでいたら、また夢に迅が出てきそうだ。

いいよ、とだけ文章を打ち込み、香雨は迷うように指先をさまよわせた。

ふと思いついて、運ばれてきた朝食のプレートを写真に撮《と》って添付《てんぷ》する。

ベビーリーフとクレソンのサラダが添《そ》えられたスパニッシュオムレツ。おいしそうな焼き色がついた、丸いパン。ホットコーヒー。

麻《あさ》のランチョンマットにも、フォークとナイフをくるむ紙ナプキンにも、水色のロゴが印刷されている。

待ち合わせ場所を尋《たず》ねる文を書き添え送信ボタンを押すと、香雨は詰《つ》めていた息を吐《は》いた。カトラリーを手に取り、猛然《もうぜん》と朝食に取りかかる。

料理が半分程に減った所で前の椅子が引かれた。

「ここ、いいですか？」

他《ほか》にも空いている席はたくさんあるのになぜわざわざ自分のテーブルに座るのだろう。オムレツを口に運びながら目を上げ、香雨は手を止めた。

柔《やわ》らかな美貌《びぼう》に薄《うす》い笑《え》みを浮《う》かべ目の前に座ったのは、長竹だった。白いドレスシャツと黒のパンツという、このカフェのスタッフと同じ服装をしている。

「こんにちは。迅の事務所でお会いしましたよね？」

見た目通り穏《おだ》やかな声が耳に心地《ここち》いい。

「……こんにちは。そうですね、それからジンの家でも」

同意すると香雨は食べかけていたオムレツを口の中に押し込んだ。ふわふわの食感を楽しみながら、考える。

「もしかして、このお店に勤めてらっしゃるんですか？」

「ふふ、そのようなものですね。この店、僕のものなんです」

「ああ、だからジンの家にこちらのパンがたくさんあったんですね」

よく考えてみたら、忙《いそが》しい迅がパンを買うためにこの店に通い詰めるなんて考えにくい。

「男二人で随分《ずいぶん》乱れた食生活を送っているようだから差し入れたんです。佑斗くんもうちのパン、気に入ってくれてるようだったから」

「実際おいしいです、このパン。ところでいいんですか？　お仕事の方は」

もう朝という時間ではない。徐々《じょじょ》に増え始めた客の応対で、スタッフは忙しそうだ。だが長竹はばたばたと動き回る男女に無関心な一瞥《いちべつ》を投げただけで香雨に注意を戻した。

「構いませんよ。交代で休憩《きゅうけい》をとる事になっていますから。そんな事よりあなた、迅と付き合っているんですか？」

探るような視線に警戒心《けいかいしん》がかき立てられる。

「なぜそんな事を聞くんですか」

「僕、迅とよりを戻したいんです」

挑発的《ちょうはつ》に宣言され、香雨はコーヒーをごくりと飲み下した。

「あの人、いい男でしょう？　ワイルドで、夜も強くて。久しぶりに再会したら大人の色気が増していて、ふるいつきたくなりました。元々僕、迅と別れたくて別れたんじゃないんです。

――迅がボクシングをしていたのは知ってますか？」

「聞いた事がある程度ですが――強かったんですか？」

長竹が頷《うなず》く。

「ええ、すごく。あの頃《ころ》学生でボクシングやっていた人なら、皆《みんな》知っているんじゃないかな」

「そんなに強いなら、どうしてやめたんですか」

長竹の手が、そわそわとナプキンをいじり始めた。

「怪我《けが》したからです。僕、あの頃知らないで質《たち》の悪い所からお金借りてしまって。迅には黙《だま》っていたんですけど、たまたまうちに遊びに来てくれた時、借金取りと鉢合《はちあ》わせしてしまったんです。迅も若かったし下手に腕《うで》に覚えがあったものだから争って、階段で転倒《てんとう》してしまって」

ああ、そうかと、香雨はつらそうな長竹から目を逸《そ》らした。

まるで白馬に乗った王子様。

あの男は香雨にもそうしたように、この男の事も助けてやった事があるらしい。

「ちゃんと治療《ちりょう》すればボクシングは続けられたんですけど、別に真剣《しんけん》にプロ目指していた訳じゃないからって、そのままやめてしまったんです。僕がバカな事をしたせいなのに、迅は責める言葉一つ口にしなくて……優《やさ》しかった。借金を片づけるために色々調べて、この人に頼《たの》めって、司法書士を探して紹介《しょうかい》してくれた。おかげでそのごたごたは片づいたんですけど、やっぱり気まずくて、就職して距離《きょり》ができたせいもあって迅とは疎遠《そえん》になってしまって」

「司法書士──？」

動揺《どうよう》を見せた香雨に、長竹は勝ち誇《ほこ》った笑みを向けた。

「あの人、きっと僕との事があったから司法書士になったんです。人づてに迅の消息を知って──結構な大企業に勤めていたのに司法書士になったって聞いた時は、嬉《うれ》しかった。あの人はまだ僕の事を忘れていないんだなって、わかって……」

あの男はつらそうな長竹を見て、また大切な人を助けるだけの力を得ようとしたのだろう。そうして今度こそ自分の力で助けようと奔走《ほんそう》している。長竹の為に。

ふっと不安になった。

迅は単なる依頼人《いらい》のように言っていたが、本当にそれ以上の気持ちはないんだろうか。ボクシングを始めるきっかけを作った佑斗を迅は大事にしている。長竹の事も大事に思っていて不思議はない。

「疲《つか》れた顔なんて見せないけど、迅、すごく忙しくて食事も睡眠《すいみん》もろくにとってないみたいなんですよね。仕事の事は僕には手伝えないけれど、他の事なら力になれる。今度は僕が迅を支えてあげたいんです」

何かをこらえるような健気《けなげ》な微笑《ほほえ》みを見せると、長竹はテーブルの上に放り出されていた香雨の手にそっと触《ふ》れた。

身を乗り出し、ささやきかける。

「でも迅ってば、僕が何を言っても気もそぞろで、聞いてくれないんです。あの人の悪い癖《くせ》なんですよね。新しい獲物《えもの》に目を付けたら、手に入れるまで夢中になる。どうせ何回か抱《だ》けばすぐ飽《あ》きて冷めてしまうのに」

ゆらりと。

世界が揺《ゆ》らぐ。

「ジンにはその――大勢恋人《こいびと》がいたって聞きましたが、本当なんですか?」

長竹は切なげに頷いた。

「ええ。一時期は毎晩のようにとっかえひっかえしていたな。闘《たたか》うと血が騒《さわ》ぐのか、特に試合の後は男を抱かずにはいられなかったみたい。厭《いや》だったけど、別れたくなかったから僕は何も言わなかった。だから長く続いたんでしょうね。文句を言った他の人はすぐ切られていたみたいだし」

香雨はきゅっと拳《こぶし》を握《にぎ》りしめる。

厭だ、と思う。

他の男なんかに手を出して欲しくない。

いよいよもってまずいなと香雨は自覚する。躯《からだ》だけに惹《ひ》かれているなら、他に男がいようがいまいが構わない筈《はず》だ。こんなに厭な気分になるという事は、やっぱり自分は迅を好きなのだろう。

「あなた、自分はゲイじゃないって言ってましたよね？　迅に言い寄られて、困っているんでしょう？　なら今のうちに迅の前から消えてくれませんか」

「一体、どうやって──」

「他に恋人を作ればいい。いないんですか、誰《だれ》かいい人」

香雨はぼんやりとした顔で首を振《ふ》った。

他に好きな人なんかいない。

困ったなと呟《つぶや》いたものの、長竹はすぐに楽しそうな笑みを浮かべた。

「じゃあ佑斗くんと付き合ったらいい」

「なんだって⁉」

ぎょっとする香雨に、長竹はすっかりその気になってまくし立てる。

「あの子、迅と好みが似ているんですよね。ふふ、別に本当に付き合えとまでは言いませんよ。迅の目の前でキスの一つでもしてくれればいい。迅は彼の事とても可愛《かわい》がっているし、弟に取られたとなればきっと諦《あきら》めます」

「そんな事──できません」

「どうして？　簡単な事でしょう？」

長竹の手の下から、香雨はすっと手を引き抜《ぬ》いた。

「俺もジンが好きなので、無理です」

香雨は両手を膝《ひざ》の上で握り合わせる。

そうだ。迅が、好きだ。

誰にも譲《ゆず》りたくなんかない。

長竹の顔から表情が消えた。

「あなた、ゲイじゃないって言ってましたよね？」

「ええ、俺はゲイじゃありませんよ」

何の迷いもなく香雨はきっぱりと言い切った。

実際香雨は男になど興味はない。あるのは迅だけだ。

浮気性《うわきしょう》の恋人にもてあそばれるのは厭でしょう？」

「ええ、厭ですね。大人しく我慢《がまん》して見ない振りするなんて事、絶対できません」

「なら……」

「でももっと厭なのは、あいつを手放す事だから。とはいえ浮気なんか許すつもりはありませんよ。他《ほか》の男にコナかけたりしたら、半殺しにしてやります。腕力《わんりょく》で敵《かな》わなくても、いくらでも手はありますから」

「僕に協力してくれないんだ」

不穏《ふおん》な目つきをしている長竹に、香雨は牡丹《ぼたん》のようだと賞賛される笑《え》みを向けた。

「ええ。申し訳ありませんが」

食事は美味《おい》しかったがもう朝食を楽しめる気分ではない。コーヒーを半分程残し、香雨は席を立った。

「ごちそうさま。じゃあ俺はこれで」

会計を済ませ、店を出る。

近道をしようと店の壁面《へきめん》に沿って伸《の》びる路地へと折れた所で、ひやりとした空気が流れた。

香雨は素早《すばや》く背後を振り返った。

「待って」

長竹が香雨を追ってきていた。

「なんですか？」

警戒《けいかい》し目を細める香雨の前で、長竹は胸元《むなもと》で拳を握りしめる。

「お願いだから迅を譲って。僕にできる事なら、なんでもするから！」

なんでもって、何をするつもりなんだろう？

いずれにせよ、香雨に譲るつもりはない。

「――悪いけど、できません」

ぎしりと何かが軋《きし》む音がした。

長竹が歯ぎしりをしているのだと気が付き、香雨は瞬《またた》く。長竹は柔和《にゅうわ》な顔を苦しげに歪《ゆが》めて
「そう――」

いた。

「長竹――さん？」

長竹の腕《うで》がすっと横に伸《の》びた。カフェの塀《へい》は腰《こし》ほどの高さで厚みがある。その上に等間隔《とうかんかく》に飾《かざ》られている観葉植物の鉢《はち》を、長竹の手が摑《つか》んだ。

ぬめりとした光沢《こうたく》を放つ陶器《とうき》の鉢は、小さいが重そうだ。

その鉢が振り下ろされる。

「えっ……」

明らかに香雨の顔を狙《ねら》っている。避《さ》けようにも距離《きょり》が近すぎるし、香雨はまだ半身を捻《ねじ》った体勢のまま、迅速《じんそく》には動けない。とっさに腕を掲《かか》げガードしつつ、香雨は怪我《けが》は免《まぬか》れまいと覚《かく》悟《ご》を決めた。

まあ、いい。腕の打ち身位できた所で大した事はない。

「馬鹿野郎《ばかやろう》……っ」

狭《せま》い路地に陶器の鉢が割れる音が響《ひび》いた。

両手を翳《かざ》したまま、香雨は瞬く。

顔に叩《たた》きつけられるかと思われた鉢は途中《とちゅう》で方向を変えていた。アスファルトの上に土と白い陶器の欠片《かけら》が飛び散り、緑の蔦《つた》や葉が力なく横たわっている。

迅が長竹の腕を押さえていた。

「何を考えているんだ、おまえは……！」

「だって……っ」

長竹が口惜《くや》しそうに顔を歪める。

「迅が悪いんじゃないか……っ。迅が、僕の事を見てくれないから……っ」

「いい加減にしろ。俺はあんたとよりを戻《もど》す気はないって言っただろう」

迅に怒鳴《どな》りつけられ、長竹は唇《くちびる》を引き結んだ。

「行くぞ、コウ」

香雨の肘《ひじ》を摑み、迅が歩き出す。慌《あわ》てて後を追いながら、香雨は背後を振り返った。長竹は二人の背中を睨《にら》み据《す》え、凝然《ぎょうぜん》とその場に立ち尽《つ》くしている――。

「なんかフォロー、しなくていいのか？」

長竹にとっては最悪の展開だ。気を回す香雨に、迅が不機嫌《ふきげん》そうに唸《うな》った。

「阿呆《あほう》。そんな事をして喜ばせてどうする。愛想《あいそ》を尽かされた方がいいんだ、俺は」

「あ、そうか。そういえばなんでおまえがここにいるんだ？　まさかまたストーキング……」

近くのパーキングに駐《と》めてあった車の扉《とびら》を開けながら迅は疲《つか》れたように香雨を見遣《みや》る。

「俺はそこまで暇《ひま》じゃない」

車に乗り込みエンジンをかけると、迅は携帯《けいたい》を香雨に渡《わた》した。液晶《えきしょう》画面には、香雨が送ったモーニングプレートの写真が表示されている。

「この間長竹に言われたんだ。よりを戻したいって。もちろん好きな奴《やつ》がいると言って断ったが、おまえがこんな写真送ってきたんでぎょっとした。まさかあんな事になるとは思わなかったがな。コウはあそこが長竹の店だって知って入ったのか？」

好きな奴という言葉に香雨はどぎまぎしてしまう。

好きな奴って、俺の事なんだろうか。

「いや。単にロゴに見覚えがあったから入ってみたんだ。大藪にジンがあの店のパンをよく買ってくるって聞いてたから——」

「へーえ？」

赤信号にさしかかり、迅はブレーキを踏《ふ》み込んだ。

「俺がよく行く店だと思ったから入ってみたのか？　コウは」

にやにや笑いながら流し目を送られ、香雨は慌てる。

「や……、違《ちが》うぞ！　単にうまいのかと思って——って、ちょっと待てっ、ちかいちかいちかい……っ」

身を乗り出してきた迅から逃《に》げ、香雨は扉に背中を押しつけた。

「そりゃ近いだろう、キスしようとしてんだから」

「ん……っ」

必死に引き結んだ唇に唇が重ねられる。

意固地に閉じられた隙間《すきま》を名残惜《なごりお》しげに舐《な》め、迅が低い声でささやいた。

「本当にいいな、コウは」

「一体なにがいいんだよ……」

「なんでもだ。全部がいい。たまらねえ」

余裕《よゆう》の笑顔でもう一度、今度は首筋に唇を押し当て、迅は軀《からだ》を起こす。

「好きって言ってくれて、嬉《うれ》しかったぜ」

「あ……？」

何気なくこぼされた呟《つぶや》きに、香雨は硬直《こうちょく》した。

今こいつ、なんて言った。

「あ……っ、えええええ……っ⁉　おまえ、まさか……」

「浮気をしたら半殺しか。情熱的だな。大丈夫《だいじょうぶ》だ。浮気なんかしない」

ぼん、と。顔から火を噴《ふ》くかと思った。

「いつから聞いてたんだ？」

「佑斗と付き合えってあたりからだな」

運転している迅のシャツを、香雨は摑む。

「言っておくが、あれはその、売り言葉に買い言葉って奴だからな」

「ふうん？」

壮絶《そうぜつ》に色っぽい迅の流し目に、心拍数《しんぱくすう》が上がる。香雨はシャツを摑んでいた手をおずおずと引っ込めた。

恋《こい》をするのは初めてではない。女の子相手なら迷うことなく、いくらでもスマートに振る舞《ふま》える。なのに今はてんで駄目《だめ》だ。何を言ったらいいのか、どう振る舞ったらいいのか見当も付かない。

「ずっと」

唐突《とうとつ》に迅が口を開いた。

香雨はひくりと肩《かた》を震《ふる》わせ耳をそばだてる。

「心配してたんだぜ。メールの返事はくれないし、電話にもでない。怒《おこ》っているのか、それとも脅《おび》えさせてしまったかと。——今日連絡《れんらく》をくれなかったら、明日朝イチで土下座しに行こうかと思っていた」

「え、あ……、そうだよな、ごめん」

香雨は顔を曇《くも》らせ、肩を落とした。メールの文章を考えるだけでいっぱいいっぱいで、待っている迅の気持ちにまで気が回らなかった。

「理由を聞いていいか？　どうしてずっと返事をくれなかったのか」

「たいした理由じゃない。単にその、どんな文章を打ったらいいのかわからなかっただけ……」

なんだかいたたまれなくなってしまい、香雨は火照《ほて》った額を窓ガラスに押しつける。

隣《となり》からぷっと吹き出す声が聞こえた。迅がくつくつと喉《のど》を鳴らし笑っている。

「なにがおかしいんだよ」

香雨はむっとした。こっちは真剣《しんけん》なのだ、笑われるなんて心外だ。

尖《とが》った声を上げると、迅は愛しげに目を細めた。

「いやもうつくづく可愛《かわい》い奴だと思ってな」

可愛い？　と香雨は、美しい弧《こ》を描《えが》く眉《まゆ》を怪訝《けげん》そうに寄せた。

不器用すぎる自分が馬鹿《ばか》みたいだとは思うが、可愛いとは思えない。

きょとんとしている香雨の手を、迅が探《さぐ》る。

「おい、運転中なのに……」

「コウを、抱《だ》きたい」

どくん、と心臓が跳《は》ねた。香雨はおずおずとフロントガラスの向こう側を見つめている迅の顔を見上げる。

握《にぎ》られた手が熱い。

振り払《はら》おうかと一瞬《いっしゅん》だけ思ったが、そうはせず、香雨は迅の肩口《かたぐち》に頭を擦《す》り寄せた。

それから迅の耳元に熱っぽい溜息《ためいき》を吹き込む。

「俺もしたいな」

その途端《とたん》、車ががくんと揺《ゆ》れた。急激な負荷《ふか》をかけられたタイヤが甲高《かんだか》い音を立てる。

「ちょ、ジン……っ」

車を路肩《ろかた》に急停車させると、迅はシートの中でもどかしげに軀をよじった。強い腕《うで》が有無《うむ》を言わせず香雨の軀を捕《と》らえ、シートに押しつける。

「――――ん――――」

唇が奪《うば》われる。

身動きできないよう押さえつけられ、貪《むさぼ》られ――香雨は震えた。

キスだけで発情してしまう。軀の内側からマグマのようなものがせり上がってくる。

ああヤバい。ホントにすごくしたい。

今、すぐ。

ちゅ、と最後に唇を軽く吸い離《はな》れた迅を、香雨は欲《よく》に潤《うる》んだ目で見つめた。もっとして欲しくて、シートに戻ろうとする迅を追う。シートベルトを外し、身を乗り出す。

「おい……っ」

両手で頭を挟《はさ》み込み、唇を押しつける。軽く唇を噛《か》んで口を開けるよう催促《さいそく》する。

迅が応じると、香雨は舌を突《つ》っ込み、迅を貪り始めた。

激しく舌を絡《から》めながら体重を移動し、無理をして伸《の》び上がらなくても届くよう、迅の膝《ひざ》の上に尻《しり》を乗せる。

「んっ、ん、ふ、う――」

がくんと軀が揺れる。

迅がシートをずらしてくれたおかげで、少し身動きしやすくなる。

せわしなく角度を変え味わう。

迅は最初、香雨の飢《う》えた様子に驚《おどろ》いたようだったが、やがて口元に獰猛《どうもう》な笑《え》みを浮《う》かべた。

大きな掌《てのひら》が、香雨の腰《こし》を抱《かか》える。

シャツを引っ張り上げ、肌《はだ》に直《じか》に触《ふ》れる。

「ん――」

さらりと撫《な》で上げられただけで香雨はわななないた。

迅の手が、背骨とジーンズの間の狭《せま》い隙間に押し入ってくる。尾骨《びこつ》から尻の割れ目に至るラインが指先でなぞられる。

「はあ……っん――」

まずい――これ以上したら、我慢《がまん》できなくなる――。

欲しい気持ちを抑《おさ》え込みキスをほどこうとするが、今度は迅が放してくれない。香雨の軀をハンドルの上に押さえつけ思うさま蹂躙《じゅうりん》しながら、秘孔《ひこう》に指の腹を押しつける。

焦《じ》らすようにそこを揉《も》む。

香雨が動けないのをいい事に、もう一方の手も前に回す。指先でからかうように硬《かた》くなった場所を掻《か》かれて——香雨の腰が、抜《ぬ》けた。

「んふ、う——っ」

後ろの入り口がひくりひくりと動きだす。迅の指を噛みしめようと、もっと奥へと誘《いざな》おうと蠢《うごめ》く。

ようやくキスから解放された時には、香雨はすっかり蕩《とろ》けてしまっていた。

「ジン……俺、ヤバい……」

「……みたいだな」

誰《だれ》もいないのに息を潜《ひそ》めささやきあい、二人はもう一度軽く唇を触れ合わせた。

「待ってろ。ラブホかなんか探す」

カーナビをいじり始めた迅の首に、香雨が気怠《けだる》く両腕《りょううで》を回した。熱に浮かされたような目で、迅のこめかみに唇を押しつける。

「なあ、俺んち、ここから近いぜ」

今まであれだけ警戒《けいかい》されていたのに自宅へと招待され、迅は戸惑《とまど》ったように香雨を見つめた。

「いいのか？」

くたりと迅の肩に寄りかかった香雨が、早くしろとばかりに耳たぶを噛む。迅は膝の上に乗っている香雨を荷物のように隣のシートへと移動させると、ハンドルを握った。

「ナビしろ」

「そこの信号をまずは左折――」

乱暴にアクセルが踏《ふ》み込まれる。

十分後には香雨は、迅に縋《すが》るようにしてアパートの階段を上がっていた。

躯《からだ》が熱っぽくてふらふらしている。まるで酔《よ》っ払《ぱら》いのように迅にベルトを摑《つか》まれようやく歩いている状態だ。

ホルダーから鍵《かぎ》を取り出そうとする手が震える。それでもなんとか解錠《かいじょう》し部屋に入った途端、香雨は迅に抱き竦《すく》められた。

「好きだぜ、コウ」

耳元でいい声でささやかれて、反則だと香雨は思う。

たったそれだけで、躯の奥底からひりつくような欲望《よくぼう》が突き上げてくる。

「なら、うんと気持ちよくしてくれよな」

こんなにも欲情《よくじょう》したのは初めてだった。心臓が破裂《はれつ》してしまうんじゃないかと心配になる程《ほど》ときめいたのも、初めて。

唇を塞《ふさ》がれる。シューズボックスに寄りかかり、巧《たく》みすぎるくちづけに酔わされ、香雨は平《へい》衡感覚《こうかんかく》を失う。

どうしよう、足に力が入らない――。

かくりと膝が折れてしまった香雨の躯を危なげない手つきで支え、迅は靴《くつ》を脱《ぬ》いだ。軽々と香雨の躯を抱え上げ、家の奥へと無遠慮《ぶえんりょ》に足を進める。

寝室《しんしつ》とキッチンしかない狭い城である。探すまでもなく見つかったベッドに下ろされると、香雨は性急にジーンズを脱ぎ始めた。立ったまま見下ろしている迅の前でボタンを外し、タイトなデザインのそれを膝まで引き下ろすと、きつかった前が解放されて楽になる。

この男に組み伏《ふ》せられ、支配されたい——。そんな欲に突き動かされるまま、香雨はジーンズを投げ捨てた。優美な仕草でジャケットを肩《かた》から滑《すべ》らせ、シャツを脱いで、迅の前に全《すべ》てを晒《さら》す。

生まれたままの姿になると、香雨は上目遣《うわめづか》いに迅を見つめ触《さわ》ってくれるのを待った。傍《そば》にいると、はっきりわかる。迅が放っている強い雄《おす》のオーラが。

迅が焦らすように艶《つや》やかな黒髪《くろかみ》に触れる。さらさらと指の間を流れる心地《ここち》よい感触《かんしょく》を楽しみ、くちづける。

「まるで巣穴みたいな部屋だな。全てに香雨の気配がある」

あまり広くない——というより狭苦《せまくる》しい部屋の上にはポールが渡《わた》されており、普段《ふだん》使いのジャケットやコート、スーツがベッドの上空を侵食《しんしょく》していた。

床《ゆか》には毛足の長いラグが敷《し》かれ、一人で、あるいは二人でくっついていちゃつくのにちょうどいい小さなラブソファが据《す》えられている。空いた壁面《へきめん》には香雨が描《か》いたスケッチが一面に貼《は》られていた。ほとんどが風景画で、空の広さや水のきらめきを素朴《そぼく》な筆致《ひっち》で描写《びょうしゃ》している。

「うまいもんだな」

「そうか？」

香雨は迅の逞《たくま》しい胸元《むなもと》に頭を擦《す》り寄せた。

ここにあるのは、香雨がかつて見た夢の残滓《ざんし》だ。

「そんな事より、俺を見ろよ、ジン。見て――触れ」

堪《こら》え性《しょう》なく続きをねだる香雨に、迅が微笑《ほほえ》む。

「……ん。コウ、ここに来い」

迅に望まれるまま、香雨はベッドの上で獣《けもの》のように四肢をついた。

視界に入るのはシーツだけ。背後にいる迅が、いつ、何を仕掛《しか》けてくるのか、触れられるまでわからない。

「あ……」

見えない掌が香雨の尻を摑む。焦らすように肉を揉み、秘孔を押し広げる。

ぬるぬると滑る何かに濡れた太い親指が、ひくついている肉の狭間《はざま》に入ってきた。とろりと垂らされた何かが奥に塗《ぬ》り込められる――。

躯の内側に触れられるなんて怖《こわ》い。女のように扱《あつか》われるなんて屈辱《くつじょく》的だ。こんな真似《まね》、他《ほか》の誰にも絶対に許さない。

迅、だけ。

迅には逆らおうとは思わない。従順に軀を開く事に悦《よろこ》びすら感じる。

迅は、強いから。

――香雨は強い男が好きだ。

子供っぽい憧《あこが》れに過ぎないと思っていたが、強さへの拘《こだわ》りは大人になってからも色褪《いろあ》せなかった。今でも時間がとれれば道場に通う。

だがどんなに強くなっても思い通りにならない事は世の中にたくさんあり、強くあろうとすればする程香雨は漠然《ばくぜん》とした無力感に苦しめられた。

でも。

「コウ、力を抜け」

後ろから伸びてきた手が香雨の陰茎《いんけい》を掴んだ。様子を確かめるように掌を滑らせ、指の腹で濡れ始めた先端《せんたん》を探《さぐ》る。

「や……っ」

敏感《びんかん》な部位を擦られ感じてしまった香雨が甘い嬌声《きようせい》を上げたのと同時にぐ、と中指が軀の中深くに埋《うず》められた。

にちゃ、と濡れた音がする。

指で犯《おか》される羞恥《しゆうち》を、香雨は太腿《ふともも》に力を込めてこらえた。

この男に身をゆだねる瞬間《しゆんかん》、肩の力が抜け、解放されたような気分になる。

この男の前では香雨は無力な存在に過ぎない。香雨はただ、全てを明け渡して、身を委《ゆだ》ねればいい。それはひどく――心地《ここち》いい事で。

「気持ちいいか、コウ」

硬《かた》い指先が、ゆるゆると先端の割れ目を嬲《なぶ》る。

香雨は熱い息を吐《は》くと、切なげに腰《こし》をよじった。

「ん、い……」

腹の奥でも迅の指が蠢いており、香雨に鈍《にぶ》い疼《うず》きを与《あた》えていた。

まだあの目の眩《くら》むような快感を与えてくれる場所には触《ふ》れてくれない。それがもどかしくて、香雨はつい淫《みだ》らに腰をくねらせてしまう。

「こら、そんなに動くな」

迅が低く嗤《わら》った。

「仕方がないな、一度先にイっておくか？」

「え、ちょ……っ」

急所を愛撫《あいぶ》していた手に力が入ったのを感じ、香雨はシーツを握《にぎ》りしめた。

既《すで》に前は恥《は》ずかしい程硬くはりつめている。先端から溢《あふ》れた蜜《みつ》が迅の手をしとどに濡《ぬ》らし、たらたらと細い糸を引いていた。改めて潤滑《じゅんかつ》液を足すまでもない。ぬめる掌《てのひら》に充血《じゅうけつ》した器官をしごき上げられて、香雨はくぐもった悲鳴を上げた。

「いやだ……っ、ジン……っ」

「なにが厭《いや》なんだ？　ここは悦んでいるようだぞ……うん？」

迅の体温は香雨より高い。ひどく熱い掌に責め上げられ、香雨は太腿を震《ふる》わせた。

「あ……っあ、あ、あっ、や、……ジン……っ」

リズミカルにしごかれる度、淫らな水音があがる。

「すごく濡れているじゃないか、コウ。ほら、次から次へと溢れ出てくる……」

先端に、潤《うるお》いを足そうとする迅の掌を擦《なす》り付けられた。頭のてっぺんまで突《つ》き抜《ぬ》けるような快感に、香雨の膝《ひざ》が崩《くず》れる。

「おっと、可愛《かわい》がって欲しいんだろ？　ちゃんと尻《しり》をあげてろよ」

「あ……い、だ……っ。こんな、俺だけ……はずかし……っ」

香雨がまるで犬のように尻を突き出し軀《からだ》の内側まで暴《あば》かれているというのに、迅はまだきちんと服を着ている。襟《えり》もとを緩《ゆる》めただけの涼《すず》しい顔で、香雨を翻弄《ほんろう》している。

どうにも腰が立たなくなってしまった香雨の軀を迅が仰向《あおむ》けにした。反射的に擦り合わせようとした膝を掴《つか》まれ、胸につく程折られる。高ぶった性器や緩んできた後孔《こうこう》を迅の目に晒すのが恥ずかしくて香雨は目元を潤《うる》ませたが、抵抗《ていこう》しようにも軀に力が入らない。

言葉もなく、香雨は胸を波打たせる。

迅はそんな香雨を何か考えながら見下ろしていたが、やがておもむろに口を開いた。

「口でしてやろうかとも思ったんだが、やっぱりコウのイく時の顔が見たい。自分でして見せろ」

「はあ？　ふざけんな、てめ……っ」

「簡単だ。ほら、こうやって握ってしごけばいい」

手を取られ足の間へと誘導《ゆうどう》されて、香雨は思わず迅の肩を蹴《け》った。だが少し揺《ゆ》れただけで、迅は平然としている。それどころか陰茎を握らされ、上から握り込んだ大きな手で強引《ごういん》に上下に動かされて――香雨はじんわりと慣れた快楽がわき上がってくるのを感じた。

「や……っ」

手の中のモノがひくんと震える。

迅の視線をソコに感じる。

見られながら自分でするなんて――。

厭だと思うのに、軀は更《さら》に熱くなった。

「そう……上手だぜ。そうやって感じてろ。俺はこっちを可愛がってやる」

ずぷり、と。後孔にまた指を入れられ、香雨はわなないた。

先刻からほぐされているそこはすでにかなり緩み、迅の太い指を三本も呑《の》み込んでいる。

それまでわざと避《さ》けていたしこりを優《やさ》しく撫《な》でられると、熱い溜息《ためいき》が漏《も》れた。頭の芯《しん》がぼうっとして、ものが考えられなくなる。

香雨の手がゆっくりと自らの意思で動き出す。

熱い洞《うろ》を責められるにつれ、躊躇《ためら》いがちだった手の動きに熱がこもり始める。目前でとんでもない痴態《ちたい》を晒《さら》す香雨を見下ろし、迅は意地悪く口角を歪《ゆが》めて笑った。

「そうだ……気持ちいいだろう？　コウ。知っているか？　あんた、イく時、ものすごくエロい顔すんだぜ？　思い出すだけで何発だって抜ける」

「……ジン、おまえ俺で抜いたのか……？」

信じられない思いで香雨は問い返す。

迅が自分をおかずに、自慰《じい》に耽《ふけ》ったというのだろうか、今の自分がしているみたいに、陰茎をしごきたてて？

「欲しいのはあんただけだって言ったろう？　あんたが会ってくれない間、俺はちょうどそう、今あんたがしているみたいにマスをかいて、次あんたとヤれた時にはどんな事をしてやろうか考えていた」

——一体どんな事を考えながらシていたのだろう。

おかずにされるなんて最低なのに、興奮した。そんなに欲しがってくれていたのかと思うとときめいてしまう。

——相当イっちゃっているな、俺も。

「そろそろ、か」

躯の奥にねじ込まれた指がぐ、と鉤形《かぎ》に曲げられたのを感じ、香雨はひくりと腰を跳《は》ねさせた。

イイ場所を、容赦《ようしゃ》なく責め立てられる。

「あ、あ……っ」

たまらない快楽に、口を閉じる事すらできない。甘い声を間断なく上げながら、香雨は身悶《みもだ》える。

「あ、あ。あ、あ———っ！」

イ・く———。

勢いよく白濁《はくだく》を吹《ふ》き上げ、香雨はわななないた。

悩《なや》ましげな皺《しわ》を眉間《みけん》に寄せ、声もなく喘《あえ》ぐ。

つま先まであたたかい何かが満ちてゆく。心地よい余韻《よいん》に揺られ、ぼうっとしていると、迅が瞼《まぶた》にくちづけた。

「あんたのイき顔、本当に下半身にクるな」

「え……」

力強い腕に躯を返され、また四つん這《ば》いの体勢を取らされる。へたりと崩れそうになる腰をしっかりと捕《と》らえられ、膝で足の間を開かされ——。

「う、あ———っ」

突然《とつぜん》の衝撃《しょうげき》に香雨はのけぞった。

太くて硬いモノが入ってくる――。

ずん、と。奥まで一気に届いた感覚に、香雨はシーツを掻《か》き毟《むし》った。

欲しくてたまらなかったモノが与えられたのが嬉《うれ》しい。でも達したばかりの軀には刺激《しげき》が強すぎる。

だが待ってと懇願《こんがん》しても、香雨の痴態に興奮した迅は止まらない。激しく突き上げられベッドが軋《きし》む。

「ひっ、あ！　あ！　あ、そん、な……っ」

獣《けもの》のように、背後から犯される。

動きは猛々《たけだけ》しかったが、迅も今度は苦痛を与えるような下手はしなかった。

指でいじられてひどく感じた場所を擦《こす》り上げられ、香雨は乱れる。

「ジン……っ、よせ、ああ、あ……っ」

自分の軀がコントロールできない。女の子のようによがってしまう。

「よせ？　イイ、だろう？　コウ」

ぐりぐりと太いモノをソコに押しつけられ、香雨は思わず頷《うなず》きそうになったものの踏《ふ》みとどまった。

そんな恥ずかしい事、言わせようとすんな。

逆らおうとしているのに気が付いたのだろう。迅が背後から手を伸《の》ばしてきた。

きゅ、と胸の粒《つぶ》を抓《つね》り上げられ、香雨はわななく。

「どうなんだ？　コウ」

「あ……あ……っ」

――――いい……。

きゅん、と後ろが締《し》まり迅を噛《は》む。

すかさずぐっと奥へと突き入れられ、腰《こし》が引けた。だが迅が逃《に》げを許す訳などもちろんなく、余裕《よゆう》の笑顔《えがお》で引き戻《もど》される。

「よくないのか？　じゃあもっと頑張《がんば》ってよくしてやらなきゃいけないよな？」

恐《おそ》ろしい言葉に、香雨は震え上がった。

「い、いい……っ。すごく、いいから……っ、も……」

「そうか……？」

迅がゆったりと腰を使う。さざ波のように広がる快感に、香雨は蕩《とろ》けるような溜息をついた。

「ん、いい……」

「女の子とするより、よっぽどいいだろう？」

耳元でささやかれ、香雨は肩越《かたご》しに迅を振《ふ》り返った。

偉《えら》そうに嘯《うそぶ》いてみせた癖《くせ》に、迅は思いの外真剣《しんけん》な顔をしている。

香雨がこれまでにセックスしてきた女の子の事を気にしているんだろうか。

ふとそんな事を考え、香雨は目元を緩めた。

女の子と張り合おうとするなんて、可愛《かわい》い所があるじゃないか。

でもそんな心配、する必要ないんだ。

香雨は幸せな気持ちで迅を味わう。

女の子たちと迅はまるで違《ちが》う。

庇護《ひご》しなければならない存在と、理不尽《りふじん》にも香雨の上に君臨する強者。迅に組み敷《し》かれる倒錯《とうさく》的な悦《よろこ》びに、香雨はたった一度で夢に見てしまう程虜《とりこ》にされてしまった。

「何を笑っているんだ、コウ？」

すぐ背後からかけられた声の冷ややかさに、香雨は身を竦《すく》ませた。

「や、別になんでも……って、あ……っ、ちょ、や……っ」

猛々しい剛直《ごうちょく》に意地悪く責め立てられ、香雨は喘ぐ。

こんな風にいじめられるのもたまらない。

快楽責めなんて、女の子相手には絶対に望めないし、癖になりそうだ。いやもう、なっているのか――。

「余裕だな。毎日仕込んで、俺なしじゃ満足できない躯《からだ》にしてやろうか……？」

冷酷《れいこく》な迅の言葉に脳髄《のうずい》が痺《しび》れる。

毎夜こんな風に責め立てられたら、俺の躯はどうなってしまうんだろう。

怖《こわ》いのに——ぞくぞくする。

「ああ……おかしくなり、そ……」

男になんて興味なかった筈《はず》なのに、シーツの海に波を立て、香雨は覚え込まされたばかりの快楽に溺《おぼ》れていった。

あとがき

こんにちは、成瀬《なるせ》かのです。この度は拙作《せっさく》を手に取って下さってありがとうございました！ルビー文庫では初めて書かせていただきます。

今回はブラコン兄弟×乙女《おとめ》受（偽《いつわ》り有）なお話とあいなりました。

お話の中では触《ふ》れられませんでしたが、香雨は女の子大好きで、顔がいい上フェミニストなので学生時代は常に彼女がいました。実は男にも目をつけられてはいたのですが、他《ほか》の女にとられないよう常に彼女がはりついていて手を出せなかったという設定でした。なので本人はもてていた事を知りません。

六芦かえで様に挿絵《さしえ》を描《えが》いていただくのは二回目になります。イメージ通りの色っぽくてケダモノっぽい表紙で嬉《うれ》しいです。

お声を掛《か》けてくださった編集様にも大感謝です。ありがとうございます。

それではまた次の作品でもお会いできることを願いつつ。

http://karen.saiin.net/~shocola/dd/dd.html「ひみつの、はなぞの。」成瀬　かの

KADOKAWA RUBY BUNKO

恋《こい》するケモノのしつけ方《かた》

成瀬《なるせ》かの

角川ルビー文庫 R 152-1 17475

平成24年7月1日 初版発行

発行者———井上伸一郎
発行所———株式会社角川書店
東京都千代田区富士見2-13-3
電話/編集(03)3238-8697
〒102-8078
発売元———株式会社角川グループパブリッシング
東京都千代田区富士見2-13-3
電話/営業(03)3238-8521
〒102-8177
http://www.kadokawa.co.jp
印刷所———旭印刷 製本所———BBC
装幀者———鈴木洋介

ISBN978-4-04-100400-5 C0193 定価はカバーに明記してあります。

KADOKAWA RUBY BUNKO

角川ルビー文庫

いつも「ルビー文庫」を
ご愛読いただきありがとうございます。
今回の作品はいかがでしたか?
ぜひ、ご感想をお寄せください。

〈ファンレターのあて先〉

〒102-8078 東京都千代田区富士見 1-8-19
角川書店 ルビー文庫編集部気付
「成瀬かの」係

絶体絶命の恋
おまえの香りを嗅ぐだけで……
私は我慢できなくなるのだ
橋かおる
イラスト／緒田涼歌
肉食系香港実業家×草食系リーマンの
弱肉強食ラブトラブル！
草食系リーマン・優哉は、強面の香港の実業家・皇から、
「運命の伴侶」だけに感じるフェロモンを発していると突然求愛され…!?

ルビー文庫

溺愛されてみる？
黒崎あつし
イラスト／タカツキノボル
俺、広生さんを
ここで感じたいんだよね。
……駄目？
有能な王子系後輩×ネガティブ先輩の
夢から始まるすれ違い社内ラブ！
何故か営業の若手NO.1後輩・堀田とキスする夢を見た広生。
気にしている内に堀田に視線を気づかれて…!?

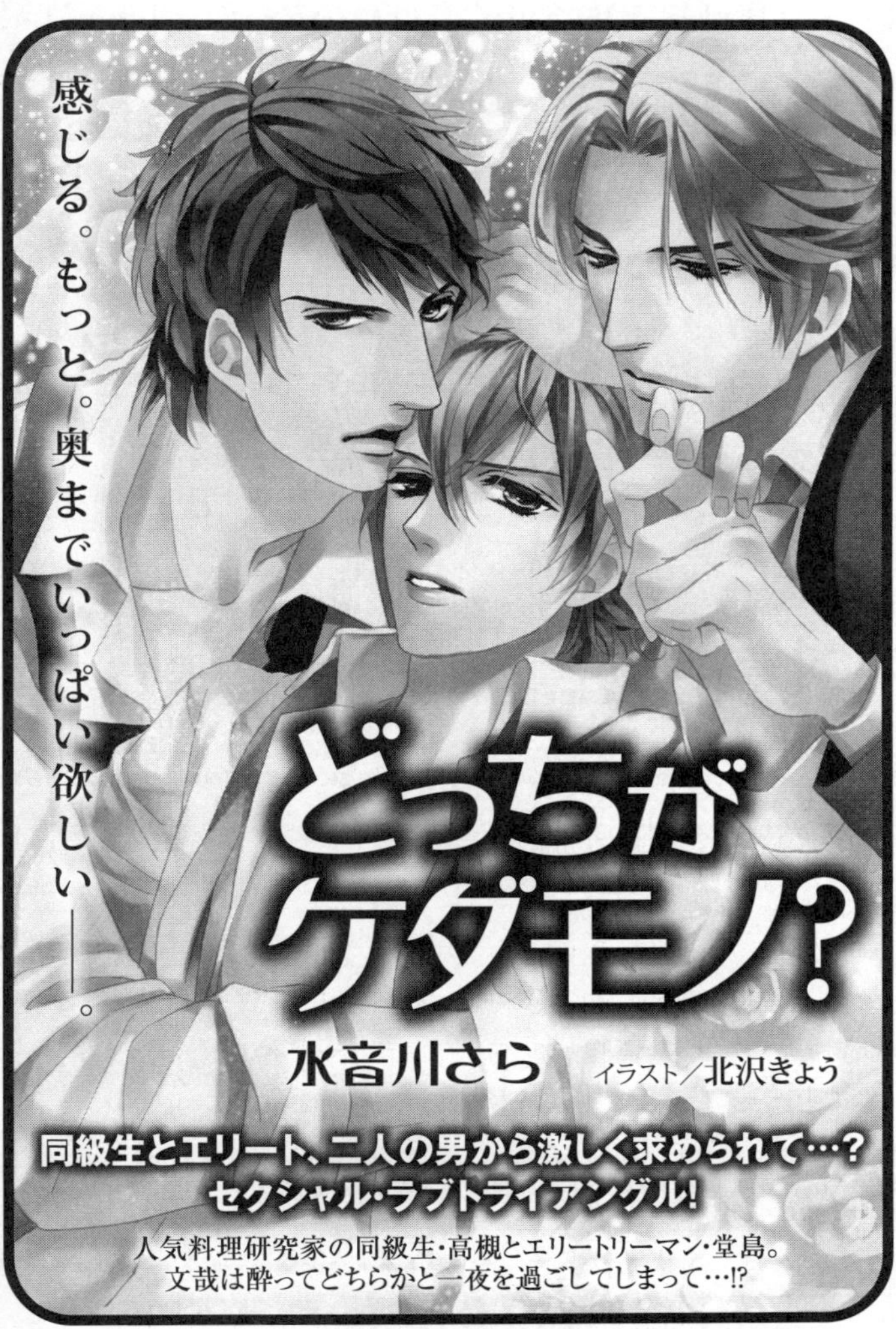
感じる。もっと。奥までいっぱい欲しい——。
どっちがケダモノ？
水音川さら
イラスト／北沢きょう
同級生とエリート、二人の男から激しく求められて…？
セクシャル・ラブトライアングル！
人気料理研究家の同級生・高槻とエリートリーマン・堂島。
文哉は酔ってどちらかと一夜を過ごしてしまって…!?